东辽河畔地税人

李　彦等／著

吉林人民出版社

图书在版编目(CIP)数据

东辽河畔地税人 / 李彦等著.— 长春:吉林人民出版社,2009.8
ISBN 978-7-206-06285-8

Ⅰ.东…　Ⅱ.李…　Ⅲ.报告文学—作品集—中国—当代
Ⅳ.I25

中国版本图书馆 CIP 数据核字(2009)第 148535 号

东辽河畔地税人

著　　者:李　彦 等
责任编辑:吴兰萍　　　　　　封面设计:李　彦
吉林人民出版社出版 发行(长春市人民大街 7548 号　邮政编码:130022)
印　刷:长春市华艺印刷有限公司
开　本:720mm×980mm　　　1/16
印　张:15.25　　　字　数:250 千字
标准书号:ISBN 978-7-206-06285-8
版　次:2009 年 8 月第 1 版　　印　次:2009 年 8 月第 1 次印刷
印　数:1-4 000 册　　　　定　价:30.00 元

如发现印装质量问题,影响阅读,请与印刷厂联系调换。

谨以此书献给

辽源地税成立十五周年

贺《东辽河畔地税人》出版

发挥税收职能作用
促进地方经济诗发展

唐志萍

二〇〇九年七月二十七日

吉林省地税局局长唐志萍题词

依法治税 ... ...

信... 任重路远

——祝贺辽源市地税局
成立15周年

马明
8.5

中共辽源市委书记马明题词

为他方聚财
为政为民忧
为发展服务

王兆华
二〇〇九年七月

中共辽源市委副书记、市长王兆华题词

辽源市人大主任王俊林题词

依法治税

利国利民

王国栋

2009.7.28

辽源市政协主席王国栋题词

推进依法治税
深化税制改革

彭永林
二〇〇九·八

中共辽源市委常委、常务副市长彭永林题词

打造治税铁军

加强廉政建设

邱大明

中共辽源市委常委、纪委书记邱大明题词

　　2009年7月，辽源市地税局局领导班子进行调整。局领导班子由沈德生、西成彬、胡平安、宋宝臣、张弘韬五位同志组成，沈德生同志任党组书记、局长。

王 平

1994—2001年任辽源市地方税务局局长。

在任期间，辽源市地税局发扬了团结务实、廉洁高效的地税精神，从组建地税机构入手，加大征收力度，全面完成税收任务；强化稽查职能，严肃税收法规；加强地税法规宣传，增强纳税单位依法纳税意识；加强基础建设，提高征管水平；加强机关管理，提高干部队伍素质。

于宏伟

2001—2004年任辽源市地方税务局局长。

在任期间，辽源市地税局以科学发展观为指导，牢牢把握加快发展这一主题，实施精细管理，提高收入质量；坚持内外并举，推进依法治税；兼顾质量与效率，加强税收征管；整合信息资源，提高信息化建设与应用水平；完善服务措施，优化税收服务；坚持以人为本，提高队伍素质。

李茹宝

2004—2009年任辽源市地方税务局局长。

在任期间，辽源市地税局以科学发展观为统领，坚持"一个确保、两个强化、三个提高"工作格局，强化大局意识，确保税收收入持续稳定增长；强化精细管理，提高征管质量和效率；强化依法治税，营造良好税收法治环境；强化服务意识，构建和谐征纳关系；强化素质建设，激发队伍活力；强化机关建设，提高行政效能。

全国五一劳动奖状

全国文明单位

全国三八红旗集体

全国五四红旗团委

省模范集体

五一劳动奖状

序

　　《东辽河畔地税人》，是我局为纪念辽源地税组建15周年，组织编写的一部报告文学集。写的都是身边人、身边事。

　　莫道行篇早，税苑催新花。本书记载了辽源地税系统15年来的发展历程，反映了王平局长、于宏伟局长、李茹宝局长带领辽源地税人认真贯彻落实省局和市委、市政府的各项工作部署和要求，忠实履行了服务经济、服务社会、服务纳税人的职责和使命，展示了辽源地税人爱岗敬业、无私奉献、忘我工作的崇高品质和优良作风。

　　临地初任，辽源地税还感陌生。然而，辽源地税文化、辽源地税精神早已耳熟能详。由于篇幅所限，这22位地税工作者工作、生活的片段，仅是众多先进人物、先进事迹乃至全市地税系统广大干部职工的缩影，相信每个辽源地税人读后都会掩卷长思、心绪难平。卓越寓于平凡，经年弹指一挥间，正是这些平凡的人、平凡的事铸就了辽源地税的铁骨脊梁和非凡业绩，可亲而可敬。

　　愿辽源地税的明天更加美好。

　　是为序。

2009年7月25日

目　录

风雨砥砺一路前行

——辽源市地方税务局建局15周年工作纪实

在全国人民满怀豪情迎接建国60周年之际，地税人迎来了15岁的生日。

1994年9月1日，一支伴随着中国财税体制改革大潮而诞生的税收新军——辽源地税出现在东辽河畔、龙首山下。刚刚呱呱坠地的她是那样稚弱，税收收入刚刚过亿，全系统仅有231人，基础设施十分薄弱，可谓百业待兴。15年过去了，我们经历了辽源地税从幼小到壮大的历程，我们曾与辽源经济发展一同前行。

15年的树木已硕果累累。15年以来，市地税局在辽源市委、市政府和省局的亲切关怀和正确领导下，在全社会各界特别是广大纳税人的大力支持下，紧紧围绕"服务社会、服务经济、服务纳税人的目标"，切实履行"为地方聚财、为政府分忧、为发展服务"的内在职责，大力组织收入、深化征管改革、推进依法治税、加强队伍建设，税收征管质量显著提高，税收行为逐步规范，税收服务质量不断提升，税收收入持续快速增长，由1994年的10 751万元跃升至2008年的66 735万元，增长5.2倍，累计入库地方税收343 103万元；工作、生活条件全面改善，精神文明建设成绩斐然，先后荣获全国文明单位、全国"五一"劳动奖状、全国"五四"红旗团委、全省模范集体、全省行政执法先进单位、全省职业道德建设"十佳"窗口等20多项省级以上荣誉称号。所属办税服务中心2006年被命名为全国"三八"红旗集体，2008年被授予全国"五一"劳动奖状。

机构沿革篇

为了分税制财税体制改革的需要，根据党中央、国务院的决定和统一部署，税务系统从1994年开始组建国家和地方两个税务机构。辽源市地方税务系统于1994年9月，完成了全系统组织机构的全部组建工作并正式挂牌办公。

新组建的辽源市地方税务局内设办公室、人事教育科、监察室、计划财务科、征收管理科、流转税管理科、所得税管理科、地方税管理科、政策法规科、农业税科10个职能科室和机关党委。下辖东丰、东辽2个县局，龙山分局、西安分局2个区局和直属分局1个直属单位。

1995年，组建辽源市地方税务局稽查分局1个直属单位和辽源市地方税务局机关服务中心1个直属事业单位。

1996年，组建辽源市地方税务局城区分局和发票管理所2个直属单位；成立辽源市人民检察院地税检查室。

1997年，辽源市人民检察院地税检查室撤销，同时成立辽源市公安局直属二分局。

1999年，组建辽源市地方税务局办税服务中心；辽源市公安局直属二分局撤销，同时成立辽源市地方税务局税务案件检查室。

2001年，撤销辽源市地方税务局城区分局。

2002年，组建辽源经济开发区地方税务局和计算机信息中心1个直属事业单位。

2005年，撤销辽源市地方税务局税务案件检查室。

2006年，撤销农业税管理科。

2009年，辽源市地方税务局内设办公室、人事科、教育培训科、监察室、计划财务科、征收管理科、流转税管理科、财产与行为税科、所得税管理科、税收法制科10个职能科室和1个机关党委。下辖东丰、东辽2个县局，龙山、西安、开发3个区局，稽查局、直属局、办税服务中心、发票管理所5个直属单位，机关服务中心、计算机信息中心2个直属事业单位。

1994—1995年，省地税局对市、县（市）地税机构实行垂直管理体制；1996年3月改为省地税局与市、县（市）政府双重领导，以市、县（市）政府为主的体制；1998年1月1日，全省市、州、县（市）地税机构由当地政府领导为主转换为上级税务机关与同级政府双重领导、以上级地方税务机关即省地税局垂直管理为主，并对机构设置、干部管理、人员编制和经费开支实行四垂直管理。

辽源市地方税务局领导成员更迭情况：1994年9月至2001年2月，王平同志任党组书记、局长；2001年11月至2004年2月，于宏伟同志任党组书记、局长；2004年2月至2009年7月，李茹宝同志任党组书记、局长；2009年7月至今，沈德生同志任党组书记、局长。1994年8月至1999年4月，张太航同志任副局长，1995年12月至2002年1月张岩同志任副局长；2002年1月至今，西成彬同志任副局长；2001年2月至2009年7月，李发同志任副局长；1996年1月至今，胡平安任纪检组长兼副局长；2002年1月至今，宋宝臣同志任副局长。

税收收入篇

地方税收是地方财政收入的主要来源，是地方经济赖以振兴、地方稳定赖以保障、地方事业赖以发展的重要支撑。建局15年来，辽源地税人始终以"辽源发展我发展，我为发展做贡献"的进取意识，面对既要保收入、又要保稳定的双重要求，以"路在人走，业在人创，税在人收"的大无畏创业精神，紧紧围绕发展这个党执政兴国的第一要务，始终把确保完成地方税收任务作为事关辽源荣辱兴衰的头等大事来抓，心系大局，迎接挑战，聚沙成塔，集腋成裘，一笔笔税款像汩汩流淌的新鲜血液融入到了辽源经济建设这根主动脉中，为辽源这个百年老城的转型发展插上了腾飞的翅膀，创造了一个又一个令地税人和社会各界为之振奋的数字神话。尤其是2004年以来，随着城市和经济转型步伐的进一步加快，辽源迎来了经济高速增长、全面提速的阶段，全市各级地税机关乘势而上，加大征收管理和税源监控的力度和深度，全市地方税收在内外双重作用下，进入了一个高速增长的黄金时期：全口径地方税收从2003年的18 574万元跃升至2008年的66 735万元，5年增长3.6倍，年均增幅达29.1%，高于全省平均增幅5.9个百分点。

时间进入2009年，席卷全球的金融危机依然在肆虐，实体经济遭受重创，无论是全国还是全省，税收形势都十分严峻。在大环境的影响下，辽源地税局的组织收入工作陷入了建局以来从未有过的困境之中：存量税源减少、增量税源不足与计划高幅增长的矛盾异常突出。但是，有着光荣传统的辽源地税人没有强调客观、没有畏缩不前，面对旁人看来不可能完成的任务，他们振作精神、团结一心，在局党组一班人的带领下开始向新的高峰攀登……

辽源地税人没有辜负肩负的使命、没有辜负人民的重托，在省地税局和市委、市政府的坚强领导下，他们以促进辽源经济转型发展为目标，积极谋划，运筹帷幄，调动一切积极因素，攻坚克难，创造了辽源地税发展史上又一个神话般的记录：截至2009年6月30日，辽源地税共入库全口径地方税收42 137万元，同比增长37.6%，增收11 525万元，高于全省平均增幅29.6个百分点，实现了"时间过半任务过半"的目标，税收总量再创历史新高，收入增幅稳居全省第一。

——艰难的创业之路。回首辽源地税成立之初，地税人却要为欠税居高不下而发愁。欠税成为制约税收任务完成的一个关键瓶颈，为了最大限度地压缩陈欠、遏制新欠，地税人可谓伤透了脑筋。一方面，他们坚持"拣芝麻"，把实行分税制前逐年沉积下来的零散欠税一笔一笔地组织入库；另一方面，他们坚持"抱西瓜"，实行了重点欠税企业包保责任制，有时还要通过方方面面的协调帮助企业"抹账"缴税。一次，某重点欠税企业遇到了实际困难，为了不影响企业的正常生产经营，地税人不辞辛苦，往返多次，到外地帮助企业兑换债券。有人说，地税局组建后，头几年能完成税收任务，主要靠的就是税改前那些没人愿收的"芝麻"税；也有人说，地税局能完成税收任务，多亏了地税干部创造性地采取了"一企一策"、"一税一策"的压欠措施，这话说到了"点子"上了。企业也好，个人也罢，赚了钱就应该依法履行纳税义务，然而，在当时税收法制建设还不十分健全的情况下，往往征纳关系会发生不应有的"错位"，有时为了协调一笔税款，地税人不得不自己掏腰包"宴请"纳税对象，甚至不惜以"一杯酒换一万元税款"的代价与纳税人"拉关系"……现在看来，这样的场面简直不可思议，但这一切却又是真真切切发生过的，其中的艰难又怎能一个"苦"字了得！当我们欣喜于一串串闪光的收入数字时，当我们徜徉在宽敞的办税大厅，感慨于现在良好的税收环境时，我们不该忘记那些因体力透支而晕倒在征税路上的身躯，不该忘记那个人人都不愿接受的"委屈奖"，更不该忘记因工作忙碌而未能给老人送终的泪水……

——不得不面对的"两难"局面。也许有人会说：地税局不就是收税的吗？只要收好税不就行了吗？但事情往往不是想象的那样简单，在实际工作中，如何去收税？收的效果如何？可是一个"天大"的原则问题，其中的艰难也许只有地税人自己才能体会得更加深刻……众所周知，税收是财政收入的重要来源，城乡基础设施和公共设施的建设、社会福利事业的发展和公共服务水平的提高都离不开财力支撑。为此，地税人时刻需要面对一个"两难"的抉择：完不成税收任务，财政收支难以平衡，社会福利无法到位，基础设施无法维护，地方经济社会发展就会停滞不前；而一味地加大征收力度，竭泽而渔，企业改革难以深化，社会稳定难以维持，经济发展后劲又难以为继。同时，另一个更深层次的"两难"，更是在无形中严重困扰着辽源地税人。税收是国家的，收税是为了辽源发展，纳税是公民和法人应尽的义务，这道理谁都明白。然而，实际征税过程中，辽源地税人却常常不得不面对这样的矛盾：一方面，个别纳税人依法纳税观念淡薄，稍微加大点征收力度，就报怨经营环境不好，税负过重，甚至暴力抗税；另一方面，发展地方经济，客观上需要税收政策的大力扶持，而随意放宽政策，就会违反有关规定，严重的还要受到法律的追究。面对两个"两难"，地税人以"悠悠万事，兹事体大"的使命感，以"仰不愧党，俯不愧民"的责任感，以"立税为公，聚财兴市"的大局观念，舍小利而顾大局，舍局部而顾整体，积极谋划措施，主动迎接挑战，大胆攻坚克难，营造了一个应收尽收、宽严适度的税收环境，用走千家万户、说千言万语、历千辛万苦的奉献精神书写下了辽源地税发展史上的光辉篇章。

——多管齐下的征收措施。为了抓好组织收入工作，辽源局的四任领导班子紧密结合工作实际，大力加强收入机制建设，不断强化行业和税种管理。

税源不足是最令人头疼的事，解决问题的唯一出路，就在于通过不断加强增收机制建设，实现深挖、细查、防漏。为了提高对税源的总体掌控能力，他们按照省地税局提出的"提升增幅、提高质量、扩大总量"的要求，摸索出一套实用的收入稳定增长机制，即：通过普查摸清税源，通过税收分析把握税源，通过调整税负增加税源，通过发票控税管住税源，通过纳税评估挖掘税源，通过综合治税填补税源。为了消除管理"盲点"，最大限度地将潜在税源转化为现实收入，他们本着"重点税源重点管，一般税源精细管，零散税源全面管"的思路，建立起一套完善的收入运行管理机制，即：在管理局设立重点税源管理科，对建筑安装和房地产开发等重点税源企业实行专业管理；与房产、国土等部门配合，依托信息化支撑，实行房地产税收一体化管理模式；与交通部门配合，规范客货运输和出租车行业的税收管理；与街道、社区配合，将房屋租赁业税收纳入社会综合治税体系，实行委托代征、源泉控管；与相关部门配合，强化煤炭、砂石等行业的税收控管；与国税配合，加强增值税发票代开环节的城建税和教育费附加的代扣代缴；与财政部门配合，强化行政事业单位工资薪金个人所得税的代扣代缴。为了确保收入进度和税款均衡缴库，他们本着千斤重担大家挑、人人身上有指标的协作精神，构建起一套严格的协调联动机制。全系统普遍实行了组织收入领导包保责任制和一般干部收入目标责任制的双层收入责任机制，最大限度调动和激发了干部组织收入的积极性和主动性。同时，密切征收、管理、稽查之间的互动配合，明确工作职责和衔接方式，理顺工作流程，有效发挥部门间协调联动的倍增效应，提高了收入效率和质量。所有这些管理措施，都在不同程度上有效地防止了税源流失，为完成税收任务奠定了坚实的基础，这些办法，有的被上级推广，有的被兄弟地区借鉴，有的甚至在全国都处于领先地位。

个体税收难管，难就难在一些个体业主只顾大把赚钱、不思为国纳税，难就难在收入难以核定、经营情况无法准确掌握，难就难在你攀我比、税负不好公平，稍不谨慎就会担上有税不收或破坏稳定的嫌疑。为了有效破解这些难题，地税人为此付出了大量心血和智慧。纳税人纳税意识淡薄，地税人就主动上门开展持之以恒的税法宣传；不如实申报经营收入，地税人就起早贪晚深入到经营地点进行现场调查，有时还要忍受纳税人的白眼、谩骂、威胁、恫吓甚至人身攻击，说起这些，差不多每一个地税人都有过惊心动魄的经历，但不管多险多难，他们为国聚财的坚定信念始终没有丝毫的动摇；税负不好公平，地税人就在广泛调研的基础上，在全省地税系统率先使用计算机核定纳税定额，创造性地推出了行业附征率、税额五级核定和税额动态管理等办法，并通过政务公开载体，将全部纳税定额广泛进行公布，主动接受监督，使个体税收由接收时的杂乱无序走上了规范化、制度化的管理轨道,目前,固定个体业户入网征收率达100%,征收额由1996年接管时的1 008万元飚升至2008年的5 672万元。

税收征管篇

征管工作是税收工作的核心,只有征管质量提高了,才能保障税收任务的顺利完成,也才能更好地推进依法治税。建局15年来,全市地税系统克服了征管力量不足、征管手段落后、基础资料不全、征管模式不统一等诸多困难,大胆地进行改革创新,初步形成了"以纳税申报和优化服务为基础,以计算机网络为依托,集中征收、强化管理、重点稽查"的全新税收征管格局。

——一场与时俱进的征管改革。为了尽快建立起与市场经济相适应的地方税收征管格局,辽源地税人以勇立潮头的改革勇气和大无畏的创新精神,经历了一场深刻的、不间断的征管改革,使税收征管的质量和效率逐年提高,成为全省地税系统征管改革的排头兵。

辽源地税组建之初,由于各种征管资料不健全和管理经验的欠缺,加之各项工作千头万绪、百业待兴,实行的是各征收分局各自为战的松散型管理模式,客观上导致了管理行为不规范、行业间税负不尽公平合理。进入1996年,随着个体地方税收由国税部门向地税部门移交,地税局领导班子及时调整了工作思路,在全地区范围内大胆地尝试了由松散型管理向专业化管理的征管改革，经过不断完善各行业的税收管理办法，不仅规范了税收征管行为，而且有效公平了行业税负。同时，通过开展几次大规模的户籍清理，较好地解决了漏征漏管问题，使税收征管初步走上了规范化、制度化的管理轨道，为实现税收征管的进一步改革创造了有利条件。

从1998年开始，为了积极适应飞速的发展的信息化对税收征管工作的新要求，辽源地税人以远大的战略目光，努力增强工作的前瞻性，在专业化管理取得显著成效的基础上，按照国家税务总局关于建立"以计算机网络为依托，以纳税人自行申报为基础，集中征收，重点稽查的新的税收征管模式"的要求，结合辽源市区小、纳税人比较集中的实际，勇于创新，建立起具有辽源地税特色的、以"以计算机网络为依托，自行申报，集中征收，属地管理，重点检（稽）查"为核心的现代化税收征管模式，并在市区建立了一个办税大厅，把原来的征收局变为管理局，在管理局内部实行管理、检查两分离，在征管环节实行征收、管理、检查、稽查四分离，有效解决了职责不清、责任不明的问题，使税收征管的质量和效率有了质的飞跃，被省地税局在全省中小城市推广。

15年来，一套较为科学完善的地方税收征管制度体系已初步建立，统一制定了"征管工作规程"、"征管档案管理办法"、"征管工作目标管理考核办法"等近百项符合辽源地税工作实际的征管制度和办法，统一了300余项税收征管业务规程和征管资料格式，使地方税收征管工作逐步走上了制度化、规范化、科学化的运行轨道。

——一系列行之有效的征管举措。随着征管改革的不断深入，对税收征管质量的要求也越来越高。辽源地税人充分发挥自身的聪明才智，坚持抓重点、抓创新、抓实效，创造性地开展工作，在全省地税系统创下了多项第一：一是率先在全省地税系统建立起"三位一体，两证合一，信息共享，联管分控"的户籍管理模式。研发了户籍信息比对软件，实行"周比对、月核查"，保证了与工商和国税户籍信息基本一致。二是率先在全省地税系统全面实施了税收管理员工作底稿制度。以工作底稿手册为载体，由税收管理员序时记录日常管理的内容和管理过程，涵盖了日常管理的各项工作，形成了"执法有记录、过程可监控、结果可核查、绩效可考核"的工作机制。三是率先在全省地税系统推行新的纳税评估模式。在管理局组建纳税评估专业机构，将专业评估与日常评估、专项评估与普遍评估紧密结合起来。同时，制定《征收、管理、稽查工作联系制度》，强化了申报征收、纳税评估与税务稽查之间的互动配合，实现了税收分析、纳税评估、税务检查之间的信息共享和双向反馈，形成以税收分析指导评估和检查，评估为检查提供有效案源，检查验证评估实效，评估与检查反馈结果，改进评估分析和税收分析工作的良性互动机制。四是率先在全省地税系统实现了地税自管行业的全行业发票控税。制定《辽源市地方税务局代开发票管理暂行办法》，对代开发票实行审批、征税、开票"三分离"管理模式，有效解决了发票流失和虚开问题；在餐饮、娱乐和洗浴行业全面推广应用税控收款机，启用卷式税控发票；在交通运输（不含货物运输）、文化体育、代理、广告、旅游、租赁、仓储、宾馆旅店及其他服务业，除未达起征点户以外，一律安装使用税控盘和机开发票，彻底取消了手工开具发票。由于推行税控装置，辽源地税发票由过去的9类46种减少到目前的税控发票、机打发票和定额发票三类，管理质效大幅提升。为了激发市民索取发票的积极性，他们在餐饮、洗浴和娱乐三个行业全面实行发票"五奖联动"，即：现场刮奖、积票有奖、登记摇奖、吉祥送语祝福奖、发票违章举报查实奖。并制定了《发票违章行为举报奖励办法》，鼓励消费者索取发票和举报发票违章行为，推动了发票管理的规范化和社会化。五是率先在全省地税系统建立起税收征管档案集中管理模式。制定《辽源市地税局税收征管档案管理办法》，研发了"税收征管档案信息管理系统"，设立了专门的档案室，实现了本级征管资料纸质文档和电子文档双重集中管理和网上查阅，有效防范了税收执法风险。六是争取地方党委、政府支持，率先在全省地税系统建立起"依靠政府领导、税务机关管税、各有关部门协税、社会力量护税"的社会综合治税体系，推动了税收工作的开展……这一个个"第一"，无不凝聚着辽源地税人的心血和汗水。

法制建设篇

经济发展离不开良好的外部环境，营造良好的外部环境，一方面要求行政机关依法行政，营造公正、公平的法治氛围；另一方面要求管理机关切实转变作风，杜绝"中梗阻"和"掐脖二"。地税人在推进税收法制建设进程中，没有一味地增强刚性，而是把监督打击和以人为本有机地结合在一起，为辽源经济发展营造了一个相对宽松的税收法制环境和工作环境。

——**人性化的法制管理**。税法是国家制定的，依法治国也是社会主义初级阶段加强法制建设的客观要求，拿起法律的武器捍卫税法的尊严本无可厚非。但是，地税人没有一味地强化监督打击职能，而是按照依法治国和以德治国的双重要求，实行了人性化的法制管理。为了普及税法，不断增强公民和法人的依法纳税意识，地税人在税收压力相当繁重的情况下，每年都投入大量的人力、物力和财力，坚持不懈地开展既轰轰烈烈又扎扎实实的税法宣传活动，使党的税收政策深入人心，使全民的依法诚信纳税意识逐步有了新的提高，该局也先后被评为全国"五五"普法中期先进集体和省、市"四五"普法先进单位。屡催不缴、有税不交，本该毫无疑问地受到法律的制裁，然而地税人却实行了"三次谈话"制度，先后由专管员、征收科长和管理局长反复做耐心细致的政策宣传，并明确要求各级地税机关不得擅自采取税收保全和强制执行措施，如确需采取强制执行措施，要层层履行报批手续。即或如此，还有人到处报怨"环境不好"，这与西方国家"纳税与死亡同样不可避免"与日本"把偷税者当作公民共同的敌人"形成了多么鲜明的对照，谁又能说这不是人性化的法制管理吗？

——**逐步规范的税收执法行为**。在实行人性化法制管理的同时，地税人为了大力推进依法治税，本着"重在治内，以内促外"的原则，从加强内部监督制约入手，使税收执法跨入了规范化、制度化、法制化的管理轨道。为此，他们全面梳理了税收执法项目共4类98项，并以表格的形式对执法种类、法律依据、制发机关、颁布时间等内容逐一进行了明确。出台了《辽源市地税局行政执法工作规程》，细化了每个执法岗位的工作步骤、时限要求、方式方法和工作标准，对执法流程进行了规范。制定了《辽源市地税局行政执法岗位责任制》，将98项税收执法内容逐项分解到每个执法岗位，明确到每名执法人员，实现了有岗有责、岗责统一。细化考核评议办法。完善了《辽源市地税局税收执法责任制考核评议办法》，将内部考核和外部评议相结合，明确了10项考核指标和评分标准。制定了《辽源市地方税务局税收执法过错责任追究办法》，对追究的形式、范围、标准和程序进行了细化和量化。同时，为了及时纠正和处理税收行政执法过错，地税人还"严"字当头，在原有执法监督检查体系的基础上，于2007年在市局组建了税收执法督查办公室，由市局总经济师兼任督查办主任，专门负责对征管和执法工作开展经常性的专项执法督查。督查办组建以来，先后组织开展了21次大规模执法督查，针对发现的问题提出整改建议近百条，责任追究40多人次，有效解决了"疏于管理，淡化责任"的问题。

——一举两得的行政执法措施。税务违章是时常发生的，对违章纳税人实施适当的行政处罚，也是税务机关行政执法必然要求，但《征管法》在界定行政处罚的标准时往往自由裁量的空间较大，实际工作中不容易恰当地掌握，一方面容易加重纳税人的负担，一方面容易滋生权钱交易等不廉洁行为。为了从根本上解决这一长期以来存在的问题，地税人广泛征求意见和建议、专门聘请法律专家进行咨询的基础上，研究出台了具有较强操作性和针对性的《税务行政处罚自由裁量权管理规定》，对各种税收违章违法行为的行政处罚裁量进行了分档和细化，既保护了纳税人的权益，又杜绝了以权谋私，同时又解决了行政不作为的问题，被省地税局在全省地税系统推广。同时，为了进一步加强税务司法保障体系建设，他们积极争取市委、市政府和市公安局支持，组建了辽源市公安局经侦支队税侦大队，专门负责协助地税机关执法办案，对涉税违法行为起到了极大地震慑作用。

税收服务篇

优化经济发展软环境，既有政策因素，也有人为因素，两者必须同时发力。为了不断优化税收软环境，地税人在主动为地方经济发展提供最大限度的政策扶持的同时，切实转变工作作风，努力践行服务承诺，不断提升税收服务质量和水平，使"人人都是软环境、事事都是软环境"真正落实到税收工作的每个环节之中。

——**政策服务脚踏实地**。先后取消了69项涉税行政审批项目,为纳税人依法经营提供了宽松的环境;成立税收服务专门机构,使税收服务工作实现了专业化;成立重点项目税收政策领导小组,为重点项目企业解决具体涉税问题、支持地方招商引资,提供了最大的便利,一旦重点项目企业有什么税收政策方面的需求,地税人都会不遗余力地帮助筹划和解决;积极落实振兴东北老工业基地、下岗失业人员再就业以及涉农税收等各项优惠政策,累计减免税达2亿多元,为地方经济的发展提供了强大的动力,仅落实下岗失业人员再就业税收优惠政策就已经使5 000余名下岗失业人员重新走上了就业岗位;在地税门户网站建立税收法律法规数据库,累计纳入各类税收法律法规和文件5 000余件,供纳税人免费查询;实行纳税问询、评估、约谈和无过错推定,不仅及时贯彻了税收政策,而且减少了纳税人因不懂税收政策而受到的税务行政处罚;取消管理分局内设的检查科,实行税务专业稽查和控制乱罚款、乱查封、乱扣押行为,即使纳税检查面由过去的30%下降到10%,又有效杜绝了侵犯纳税人利益的行为;加大政务公开力度,制定了《辽源地税系统公开办税目录》,将公开内容分为14大类共47项,详细规定了各项内容的提供单位、承办部门、公开形式和公开时限,依托互联网站、手机短信、12366纳税服务热线三大电子服务平台,把能公开的内容全部公开,并致信全市广大纳税人,使地税机关的行政行为得到有效监督,使纳税人明白了地税机关的服务新举措。

——**纳税服务不断创新**。与工商、国税部门联手打造了"三位一体，两税一证"涉税行政审批体系，从办理营业执照到办理税务登记实行"一站式"办公和"一条龙"服务，办理税务登记从原来的承诺件变为即办件，而且，国地税联合办理税务登记证，只收一个工本费，从2008年1月开始，还实行全免费办证，为纳税人节省了大量的时间和费用，据统计，截至目前，已累计联合办证15 000余户次，为纳税人节省费用82余万元，他们的做法不仅被吉林电视台和《中国税务报》报道，而且多次受到上级机关的表扬；按照统一大厅标识、统一服务标准、统一办税程序的"三统一"原则，加强办税服务厅规范化建设，设置了办税服务工作台、宣传资料自选区、表证单书样本区和网上报税自助服务区等"一台三区"，服务质量得到有效提升；积极构建"统一受理、内部流转、限时服务、窗口出件"的"一站式"办税服务体系，全面推行首问责任制、首办负责制，实行限时服务、延时服务、预约服务、提醒服务，使纳税人高兴而来、满意而去；开展"税收服务月"活动，推出"地税局长进百户企业"、"赠送税收政策宣传资料大礼包"等11项具体服务措施，主动送《税收优惠政策》手册，发放纳税联系卡，实行税收政策公告和重点纳税人联系制度，定期召开税收政策发布会、咨询会、辅导会，使纳税人切身感受到了地税机关为其提供的人性化和个性化服务

所有这些税收服务的新举措，都为辽源经济转型发展创造了良好的税收软环境，正像一位领导在评价地税工作时所

说的："地税工作开展到哪里，服务工作就体现在哪里。"

税收信息化篇

"工欲善其事，必先利其器。"面对滚滚而来的信息化浪潮，为了提高税收管理的质量和效率，进而实现税收工作的现代化，辽源地税人主动更新观念，大胆地向传统管理方式发起挑战，把大力推进信息化作为提高征管质量的"治本"之策，以征管业务应用为主体，以解决科技与管理不对称问题为目标，全面实施了税收信息化工程。

——**持续不断的基础建设投入**。加强信息化建设，这个话题说起来容易做起来真实太难了：购置设备、搭建网络需要大量资金；维护设备、开发维护软件需要专业技术人员。可是，这一切必备的条件在辽源地税都不具备。眼前的困难没有难住执著的辽源地税人，在资金不足、专业技术人员匮乏等不利条件下，他们从有限的经费中挤出一块，又积极向省局争取，在上级的支持下，源源不断的资金被持续不断地投入到信息化建设当中，短短几年时间，辽源地税累计投入资金达800余万元，购置服务器群1套、服务器9台、计算机412台、其他相关设备322台（件），在全省地税系统率先建立起覆盖全地区市、县（区）、乡（镇）三级所有地税机关的计算机广域网，基本达到了地税干部人均1台计算机的目标，使最偏远的农村乡镇也实现了税收征管的信息化。辽源地税的信息化水平也从默默无闻发展成为全省地税系统的排头兵，省地税局唐志萍局长到东丰县地税局猴石分局考察信息化建设成果后，给予了高度评价。

——**因地制宜的信息化应用管理**。从一开始，辽源地税人就将提高应用管理水平作为信息化建设的主攻方向。2000年之前，全省地税系统的征管软件还处于"诸侯割据"时代，辽源地税人结合本市税收管理工作的实际，自主开发了税收征管信息系统，并在实际工作中发挥了强大的作用。从2000年开始，省局着手开发全省统一的税收征管软件——JTAIS。2003年7月，吉林省地税系统第一个征管软件JTAIS v1.0开发完毕，准备在各地试运行，由于辽源局基础建设扎实，各类设备完善，JTAIS v1.0试点的任务责无旁贷的落在了辽源，经过半年的努力，试点工作取得圆满成功。2004年1月，JTAIS v1.0系统如期在全省地税系统正式上线，辽源局也因为在试点工作中做出的突出贡献而受到省局表彰。2005年，为了给全省地税系统征管数据大集中做好前期准备，省局对JTAIS系统进行了全面改版升级，新版征管软件的试运行重担再一次落在辽源地税人的肩上，又是半年多的夜以继日、起早贪黑，辽源地税人不负众望，不仅圆满完成了JTAIS v2.0系统的试运行任务，而且还完成了省局微机核税软件和征管信息分析系统的试点工作，在全省地税系统率先实现了市州局征管数据大集中，得到省局领导的充分肯定。2007年4月份，全省征管数据省级大集中的序幕徐徐拉开，辽源地税人结合以往的经验和工作实际，及时梳理和反馈遇到的各类问题，为系统完善和改进做出了突出贡献。JTAIS的后续开发在继续，功能在逐步完善，辽源地税信息化建设的步伐也一刻没有停止过，他们在以百倍的努力，继续创造者一个又一个奇迹。为扩大信息化应用范围，实现政务信息化和征管信息化"两轮驱动"，全市各级地税机关积极推广应用计算机公文处理信息系化系统（ODPS），从2003年开始，市局到各县（区）地税局就已经实现了网上远程电子收发文，除涉密文件外，全市各级地税机关一律通过网上处理公文。同时，机关内部网站和地税门户网站也相继建成，并先后5次升级改版，有效发挥了辅助办公和为纳税人服务的职能。

在信息化应用方面，如果简单地认为辽源地税人只是被动接受而没有主动创新，那就太小看他们了。几年来，辽源地税人结合自身工作实际，在市、县区、乡镇三级基础应用平台的支撑下，已将计算机及网络应用到了全系统税收业务和行政管理的全过程，信息化建设实现了运行层、管理监控层、决策层同步运行，基本形成了以省级大集中综合征管系统为核心，以建安开发企业税控管理系统及自行开发的"网络数据安全灾备系统"、"户籍信息比对系统"、"车船税信息管理系统"、"出租房屋管理系统"等多个平台为辅助的税收征管信息化管理体系，现代信息技术对税收征管工作的支撑能力有了质的提升。2006年该局在全省地税系统率先推出"财税库银横向联网"服务，实现了企业网上申报和实时缴税。也是从2006年开始，他们对全市"定期定额纳税户"（包括农村)全部实行银行批量扣税,纳税人只要到银行开设账户并存足税款,银行就可以按月扣缴税款。目前,辽源的个体"双定"户除领购发票需要到地税局办税服务厅外,不用再到办税服务厅缴税。房地产税收历来是税收管理的难点之一,辽源地税人结合房地产税收管理工作的实际,组织开发了"房地产税收一体化信息管理系统",将房源信息、一手房契税代征、二手房交易、税控机开具发票全部纳入系统进行规范管理,尤其是一手房契税控管,由过去的办证环节提前到开具发票环节,实现了先完税后开票,达到了"用房源控制税源、用契税控制销售不动产、用房地产控管施工企业"的目的。为了强化个人出租房屋税收的管理,他们研发了"个人房屋租赁税收信息管理系统",实现了纳税申报、税款征收、数据统计和报表等环节的微机化管理,同时,还将计算机网络终端延伸到市区各街道办事处的社会综合治税办公室,设立了征税窗口,既方便了纳税人缴税,又强化了源泉控管,年增加税收600余万元。车船税税源比较分散,监控难度较大,他们就组织技术人员开发了"车船税代征信息管理系统"网络版,实现了车船税的无纸化申报和征收以及对保险机构代征车船税情况的实时监控。七是税控作用得到有效发挥。

——**严格细致的网络安全管理**。将原来分别由各县(区)局管理的服务器全部上收到市局,并将各类管理系统和软件安装到市局中心机房服务器,实行了统一管理、统一维护。为有效应对网络突发事故,他们于2007年自主研发了自动灾备管理系统,做到了各类数据的全自动备份。此外，为强化全系统计算机管理，他们还购置了企业无忧管理软件，对登录局域网的计算机进行全面监控，凡发现有违规操作的，定期予以通报，并在目标考核中扣分；为有效控制计算机病毒侵害，他们还自主开发了移动存储认证管理软件，将局内所有移动存储设备进行认证登记，未经认证的，一律不能在局域网内的计算机上使用，从而有效防范了外来病毒侵入。

队伍建设篇

发展是第一要务。然而，要实现地税事业更大、更快的发展，就离不开人——这个生产力中最活跃、最积极的因素，就离不开一支政治合格、业务熟练、作风过硬的能经得起各种困难和复杂局面考验的干部队伍。

——**"四换位"换出新风貌**。万事开头难。回顾地税所走过的峥嵘岁月，组建之初那种步履维艰的局面至今仍令地税人历历在目、挥之不去：开会没有会议室，分局没有办公室，人员来自方方面面，思想难以统一等等，都在困扰和考验着这支新生的队伍。困难怎么办？有条件要上，没有条件创造条件也要上！这就是摆在地税人面前一个不容回避的严酷的现实和唯一选择。为了尽快凝聚人心、形成合力、攻坚克难、开创基业，地税人首先想到的就是拿起我党长期以来所坚持的"法宝"——开展积极健康的政治思想工作。通过深思熟虑，地税人决定从焕发全体干部职工的创业热情入手，在全系统开展了轰轰烈烈的"四换位"主题教育活动，即：换位思考、换位体验、换位访查、换位警示。通过组织干部职工参加繁重的农业生产劳动，到工厂矿山体验产业工人的辛苦和恶劣的工作条件，到贫困户家中进行访查，到监狱请服刑犯人现身说法，极大地调动了广大干部职工的创业热情和奉献精神，使"人在地税干，就要做贡献"成为了全体干部职工的共识，一场轰轰烈烈的创业热潮在地税人中广泛掀起来了。其后，地税人为了不断加油鼓劲，又相继开展了"三整顿一树立"、"四讲四树"、"五比五看"、"六比六查"等一系列行之有效的思想政治活动，有力地推动了地税工作由胜利走向另一个胜利，使地税事业由无到有、由小到大、由弱到强。不仅综合实力突飞猛进，拥有固定资产上亿元，先后被授予全市"党风廉政建设示范基地"、全省法制建设先进单位、全省政务公开基层联系点。

——"好班子"焕发了新活力。火车跑得快，全靠车头带。带一流队伍，就要有一个一流的领导核心，这是一条铁的定律。地税组建以来，迄今已经换了四任领导班子。但不管领导班子怎么更替，地税局党组一班人都把团结、干净、干事、创新作为履行好岗位职责的必然要求，以实际行动践行着"三个代表"和"立党为公，执政为民"的宗旨，赢得了上级领导的充分肯定、社会各界的一致认可、广大纳税人的高度赞扬和全系统干部职工的衷心拥护。市局班子连续四年被省局评为为"好班子"，有的被树立为全省地税系统领导干部的楷模，有的被授予全市

"十佳公仆"称号。而今，新一届市局领导班子，思想更加解放，观念更加超前，作风更加扎实，正以崭新的风貌，承前启后、继往开来，领导全系统广大干部职工奋力开创全新的地税工作局面。

　　——**学习型机关展新姿**。素质靠学习，学习是力量之源。在中央提出树立"全民学习，终身学习"理念的新形势下，地税局党组一班人把大力建设学习型组织、努力建设税收文化纳入到了事关地税事业长远发展的重要议程，努力营造"工作学习化、学习工作化"的良好氛围。他们响应省局号召，在全系统开展了系列读书活动，为干部选购了《品三国》、《〈论语〉心得》、《小故事大道理》等书籍。邀请市读书协会、书法家协会、作家协会、摄影家协会的有关专家举办专题讲座和笔会，拓展干部职工的知识面。此外，还根据税收工作需要，组织开展有针对性的主题读书活动，先后举办了会计知识加强班和会计电算化专修班，近300名税收管理员和稽查员参加了培训，提高了干部的专业知识技能和水平。为了推进读书活动深入开展，他们积极发挥网络优势，在市局机关网站开辟了系列读书活动专栏，设立活动动态、好书推荐、读书交流、心得体会等栏目，登载优秀图书供干部职工阅读，还在网上开通了中华会计网校注册税务师视频教学课程，积极推进"每日一题"等网络教学活动，将中央电视台《百家讲坛》部分著名专家的系列讲座发布到机关网站供全体干部在线收看，满足了广大干部的不同学习需求，点击率快速攀升。他们还在地税门户网站和机关网站建立起税收政策法规数据库和学习园地专栏，为干部查阅政策法规、学习政治理论提供了新的渠道。大力实施人才兴税工程，健全人才管理和激励机制，强化以考促学和励学奖学机制，建立强大的师资队伍，积极构建按纲施训、岗位培训、分类培训"三位一体"的大培训格局，全方位开展教育培训工作。先后举办兼职教员后续教育短训班和税收管理员封闭培训强化班；在国家税务总局扬州税务进修学院的大力支持下，举办了四期税收业务骨干培训班，培训基层业务骨干200人，不仅开阔了干部视野，而且大大激发了学习兴趣，使辽源地税学习氛围空前浓厚，促进了干部综合素质的全面提高，全国计算机等级考试一级达标率90%以上，在全省地税系统业务抽考中多次取得优异成绩。

——**文明创建结硕果**。15年来，辽源地税人始终将"三个文明"建设作为推动地税事业全面发展的根本动力，在抓好物质文明、政治文明建设的同时，更加突出精神文明建设，尤其在地税文化建设方面，他们坚持以人为本，大力整合资源要素，着力构建物质文化、行为文化、制度文化、精神文化"四位一体"的辽源地税文化体系，形成了具有自身特色的价值观念、团队意识、思维模式和行为规范，促进了税收工作的整体提高，收到了政治文明、精神文明、物质文明相互促进、协调发展的良好成效，先后有60多人被授予各级劳动模范、优秀税务工作者、"五一劳动奖章"、"辽源女杰"和全市"十大杰出青年"、全市"十大杰出青年卫士"、市优秀共产党员等荣誉称号。

为了引导广大干部职工远离酒桌、麻将桌，培养健康向上的生活情趣，他们积极发挥群团组织作用，组建了文体活动俱乐部，下设读书、文艺、书画摄影、乒乓球、羽毛球、游泳等6个协会，先后举办了"和谐杯"乒乓球赛、"创新杯"羽毛球赛、迎"五四"书画摄影赛、"税收连着你我他"有奖征文比赛、庆"七一"演讲赛等丰富多彩的文体活动，凝聚了人气，鼓舞了士气。同时，切实发挥团员青年的生力军作用，积极创建"青年文明号"和"巾帼文明岗"，并结合团员青年特点，经常性举办各种演讲赛、书画展、组织祭扫烈士墓和游园爬山等活动，激发了广大团员青年爱岗敬业、勤奋工作的热情，先后有5个集体被评为省、市"青年文明号"，办税服务中心被命名为全国"三八"红旗集体，2个集体被授予全市"三八红旗集体"，12名干部被评为"巾帼岗位明星"。

——变"相马"为"赛马"。人才兴税，人才是第一资源。没有一批复合型、专业化、高素质的拔尖人才，是不能出色完成税收工作任务的。选拔税收征管能手，是地税人实施人才兴税的第一招。他们一改以往那种层层推荐导致干部心理不平衡的做法，通过严格周密的"封闭式"考试，实行全方位考核，遴选出20名全系统税收征管能手，并公开予以表彰。此举在广大干部中引起了轰动，不仅从中看到了公平与公正，而且更加看重了一种新的价值体现。有的干部说："这种做法让人服气，好骡子好马就应该牵出来遛遛！"紧接着，辽源地税人又趁热打铁，按照《中国共产党党政领导干部选拔任用条例》的要求，在全系统实行了大刀阔斧的人事制度改革。不仅按组织程序免去了以往通过推荐或海选产生的后备干部，而且采取"自我推荐，单位认定，封闭笔试，封闭面试，群众评议，组织考核"的方式，公开选拔副科级后备干部，群众对此拍手称快，都说："过去看的是'人缘'，现在看的是实力；过去是'相马'，现在是'赛马'"。近几年，先后有27名优秀年轻干部被提拔到科级领导岗位。

——无愧于"党风廉政建设示范基地"的光荣称号。税务机关代表国家行使税收权力，党风廉政建设的成效如何，直接关系到政府和整个地税的社会形象，也关系到纳税人的合法权益能否得到有效保护。一直以来，地税人在抓党风廉政和政（行）风建设上可谓"严"字当头、成效显著，15年来，不仅没有发生重大的违法违纪行为，而且在历年的民主评议政（行）风活动中始终保持优胜位次，被授予"全市党风廉政建设示范基地"，这对于一个拥有500之众的地税队伍来说实在是来之不易的。

党风廉政建设责任制的落实，使"一岗双责"、"谁主管谁负责"落实到了实际工作中，形成一把手亲自抓、纪检监察部门具体抓、各负其责合力抓的工作格局。看好自己的门、管好自己的人、干好自己的事，不仅成为各级班子及其成员的共识和不可推卸的重大责任，而且领导干部的表率作用也得到了更加有效的发挥。开展正面典型的引导教育和反面典型的警示教育，是地税人对干部进行经常性党风廉政教育的重要手段。为进一步增强先进典型引导教育的效果，他们组织全体机关干部到郑培民事迹展览馆进行了参观，在观后感中，有干部写到："通过现场参观，使先进人物的先进事迹更加生动鲜活了，我们一定要像郑培民那样，不断增强公仆意识，倍加努力工作"。此外，他们还组织干部到东丰监狱，由服刑人员现身说法；又组织召开了"三珍惜"警示教育大会，使干部的心灵受到极大的震撼，纷纷表示："一定要倍加珍惜工作岗位和优越的物质生活，努力多做贡献"。通过正反两方面教育，使干部在内心深处树立了起了牢固的反腐倡廉思想道德防线，起到了用身边事教育身边人的作用。建立科学严密的反腐倡廉工作制度，是地税人不断加强党风廉政建设和政（行）风建设的重要举措。15年来，他们围绕加强行政执法权和行政管理权的两权监督，制定出台了一系列行之有效的工作制度，如：廉政保证金制度、诫勉制度、"八条禁令"、政（行）风违纪责任追究制度等等，这些制度有效地规范了干部的从政行为，使制度管人落实到了具体工作中。不断拓宽监督渠道，加大内外部监督力度，也是地税人从严治政、开门整风的一项标本兼治的措施。先后聘请了内部监察员和外部监督员，向全社会公开了政（行）风建设承诺，大力深化了政务公开，实行了明察暗访和下访制度，每年都开展了一次全方位的行政效能执法监察活动，并根据发现的问题不断完善了整改措施，使税收工作开展到哪里，廉政监督就延伸到了哪里，推进了政（行）风建设水平的不断提高，在全社会树立起了文明执法、优质服务、廉洁从税的干部队伍整体形象。

回顾地税15年的发展历程，我们感到：做好地税工作必须自觉服从服务于改革开放和经济建设这一大局；必须坚持依法治税这一大的原则；必须贯彻两手抓、"两手都要硬"

的方针；必须紧紧依靠各级党委和政府的领导。具体工作必须处理好改革与业务、执法与服务、规范与创新、条条与块块、"治人"与"治己"这五个关系。谋求辽源地税事业更大的发展与进步、全面提升地税管理水平，要求我们必须深刻认识新形势新任务，超前洞察事物的发展趋势，科学把握客观规律，用马克思主义的立场、观点、方法指导工作，解放思想、实事求是，总结经验、把握规律、不断丰富和发展地税工作的思想方法，以与时俱进的思想观念和奋发有为的精神状态创造性地开展工作。

15年，只是漫漫的历史长河中短暂的一瞬间，但辽源地税的创业的历史与辉煌将永载史册。为了让历史告诉未来，我们编写了《东辽河畔地税人》，它展示了辽源地税15年来取得的丰硕成果，凝聚了辽源地税人15年来的心血与汗水，蕴涵了辽源地税人在改革开放的大潮中团结拼搏、开拓创新和无私奉献的精神，记录了辽源地税人对祖国、对人民、对岗位、对生活的挚爱。

回眸昨天，我们风雨同舟。面对今天，我们敬业创新；展望明天，我们再创辉煌。辽源地税人会团结奋斗、锐意进取，续写辽源地税发展的新篇章。这颗镶嵌在东辽河畔的璀璨明珠，定会放射出更加夺目的奇光异彩！

为国聚财竞风流

——辽源地税办税服务中心工作纪实

事业为每个人撑起一片天空，谁真挚地热爱这片天空，谁就能像星星一样闪耀出璀璨的光彩。

在全国税务系统提起辽源地税办税服务中心，几乎无人不知、无人不晓。他们内强素质、外树形象，服务质量和服务水平不断提高，出色地完成了各项工作任务。连续五年被评为"目标管理先进单位"，先后被评为省级"精神文明建设先进单位"、省级"精神文明示范岗"、省级"青年文明号"、省级"巾帼文明示范岗"、省级"十佳办税服务厅"，荣获"全国三八红旗集体"、"全国工人先锋号"、"全国五一劳动奖状"。

辽源地税办税服务中心，何以小小的科级单位获得如此多的殊荣？"桃李不言、下自成蹊。"走进办税服务中心，我被他们爱岗敬业的精神深深地感动了。在那里有一个懂业务、善管理的领导班子，有一群不思索取、只讲奉献、高素质的税官。

一、以人为本、思想教育形式灵活多样

辽源市地方税务局办税服务中心负责纳税申报管理、税款征收、税务登记、发票发售、代开发票、办税服务厅日常管理与考核等工作，是辽源地税的窗口单位。他们的一举一动、一言一行，关系到地税人的威信和政府的形象。加强职业道德建设，树立地税人的良好形象，有着十分重要的意义。他们坚持以人为本，强化教育，开展了灵活多样的思想政治工作。

一是请进来教，进行爱岗敬业教育。在"三八"妇女节，举行了话"三八"、忆传统、学典型、做奉献为内容的座谈会。邀请了国家级服务标兵——辽源市客运总站为大家做了题为"如何为旅客提供优质服务"的报告，并联系工作实际开展了我们同先进"差在哪"的大讨论，大家一致认识到了：差距主要体现在"三大、三优越"，即困难没人家大，自身压力没人家大，受的委屈没人家大；工作性质比他们优越，工作条件比他们优越，福利待遇比他们优越。同时又挖掘了出现差距的原因，提出了改进措施与办法。每个人都感到肩上的担子更重了，工作的标准更高了，做好工作的信心更足了。

一天，大家正在吃午饭，一位喝醉了酒的人东倒西歪地走了进来。进门就喊："没人哪！"小李立即将手中的盒饭放下来到了窗口，热情地问："我在这，您有事吗？"由于那人喝得太多，要问的事宜表述不清，小李一

遍遍地解释，他就是听不明白，声音越来越高，接着骂了起来。小李这位只有几年工龄的小姑娘，面对着羞辱，强压着怒火，还是耐心地解释，当来人走了之后，她才离开窗口，流下了委屈的眼泪。年末，给她了个"委屈奖"。

二是走出去，进行苦乐观教育。组织干部参观了市纺织车间生产线。到农村，感受农民面朝黄土背朝天，汗滴禾下土的生活。在讨论中大家都表示：咱们坐在屋还嫌热，人一多点又嫌闹得慌。干点活看这儿脏、看那儿也不干净的。跟他们比比，咱们是身在福中不知福。知道了啥叫知足者才能常乐，使大家增强了服务意识、责任意识、吃苦耐劳意识，在服务中坚持做到闲时忙时一个样、生人熟人一个样、交税多少一个样，业务量大小一个样。

三是组织到东丰监狱进行现身说法教育。找腐败的典型，让他们讲述如何由一名国家公务员堕落成囚犯的演变过程，使大家筑牢了拒腐防变的道德防线。大家一致认为，我们的工作必须在法律、纪律允许的范围内活动，不能越雷池一步，越位必被抓，暂时没犯事，那也是喝凉酒、睡凉炕，早晚是病，要把握处理好以权谋私和正常人际关系的度数。牢记我们的权力是人民给的，只有用它为人民服务的义务，没有用它牟取私利的权力。

四是参观了矿工墓，进行爱国主义教育。开展了"四知"（知恩、知足、知责、知己）、"四耐"（耐住清贫、耐住寂寞、耐住委屈、耐住辐射）的大讨论。大家一致认为：要牢记阶级苦、民族恨和落后就挨打的历史教训。一致表示不忘国耻、珍惜今天的幸福生活，努力做好本职工作,自觉为中国特色社会主义大厦的建立增砖添瓦,为祖国的繁荣昌盛努力奋斗。

五是讲团结顾大局教育。开展了团结就是力量,团结出生产力的大讨论。大家一致认为,全中心干部一定要心往一处想,劲往一处使,形成合力,才能战胜困难,做好工作。要树立全中心一盘棋的思想,要像爱护自己的眼睛一样,爱护珍惜目前的团结和谐的局面。一把手表示:要做到决断不独断,统揽不包揽,放手不放任,团结不结团,关心不偏心。副职们都表示:做到位不越位,补台不拆台,实干不蛮干,敢说不乱说。一致决心,要做好干部的表率。干部们一致表示:要顾大局、视整体,不利于团结的话不说,不利于团结的事不做。共同开创和谐的、良好的工作环境。

六是定期不定期地开展谈心、交心活动。在谈心交心中,语重心长,字字入心入理。通过谈心交心,谈没了误会,谈走了隔阂、增加了凝聚力,提高了战斗力。

二、抓好培训,提高干部业务素质

俗话说,磨刀不误砍柴工。领导班子根据队伍新成员多,业务熟练的少,改行的多,科班出身的少,年轻同志多,老同志占比例少的特点,狠抓了业务素质的提高。让大家懂得,光有做好工作的愿望,还远远不够的,这样是好事办不好,难事办不成,复杂的事办不到位,必须有做好工作的本事,达到事半功倍的效果。形成了领导带头学、大家比着学,互相帮助学,学中干、干中学的浓郁的学习气氛。结合工作需要，制定了长远的学习规划和短期的学习计划，内容是根据工作需要，用什么学什么，缺什么补什么。2009年的培训内容列了四项：征管操作软件JTAIS、商务礼仪、文明用语、识别假币的培训。培训形式，是灵活多样，以自学为主，集体学为辅。根据功底和业务工作需要，自愿结成互帮互学对子、互相促进、共同提高。有意识地培养学习骨干，多给他们点学习时间、学习机会，让他们成为学习的骨干和学习的兼职辅导员，有计划、有重点、有针对性地进行专题讲解。不定期地召开学习讨论会、学习中提出问题的专题研讨会、学习经验交流会，学出热情、学出成绩。做到"四有"：参加学习有登记、学习中有笔记、学习后有心得体会、工作中有新的表现。形成为了用而学、学用结合、使业务学习有的放矢、学有成效。建立学习制度，保证学习不是一阵风，要长期坚持下去，持之以恒。严格地规定了学习守则，把学习态度、学习成绩纳入年度考核评比的重要内容，作为干部提拔使用的参考数据。全中心形成了学习钻研业务、苦练基本功的热潮。办税中心连续取得全地区业务考试第一名的优异成绩。业务科长李丽因2006年通过了全国税务师资格考试，连续两年被评为市局征管能手，2006年考为省局征管能手、业务先进个人。副科长姜琦在2005—2007年市局组织的三员考试和全员考试中取得第3名和第9名的好成绩。这样坚持了几年，不但使业务尖子脱颖而出，而且办税中心的整体业务素质有了明显的提高。

三、开拓创新，实行快乐工作法

他们针对窗口工作比较枯燥和年轻人多，活泼爱动的实际，开展了各项文体活动，成立了健身俱乐部，开展了篮球、排球、羽毛球、乒乓球、游泳等比赛活动；还组建了舞蹈队，为队员配备了服装，聘请了专业教练，尽量创造时间，让同志们进行运动，保持其青春和活力。通过积极的健身运动，调整心态，改善了精神面貌，形成了积极向上的精神状态。科长刘敏深有感触地说："我是大厅的组建人之一，由于工作量大，人一坐就是一上午，忙起来连上厕所的时间都没有。为了不上厕所早上不敢喝水，不敢吃粥，中午不敢喝汤。夏天，由于到处是票据，不能用任何空调，怕吹跑了，只能是忍着，一上午工作，衣服后背都是湿的，只好中午再换一件内衣，像机器人一样的枯燥工作。一天工作后头晕眼花、腰酸背痛的。因此，这活没有干长远的。从打开展这些文体活动就不一样了，人的精神头上来了，服务态度更好了，服务水平自然而然地就提高了。"

另外，还购买了哑铃、毽球、臂力器、呼啦圈、羽毛球拍等健身器材。

找人教唱革命歌曲，组织文艺联欢会。

开展读书活动。他们购买了大量的业务和有益图书，建立了图书阅览室，开展了"税苑溢书香，和谐促发展"为主题的演讲比赛、读书故事会、读书心得交流会，使干部职工充分共享读书成果。

通过这些丰富多彩的业余生活，消除了脑力上的疲劳，缓解了精神上的压力，形成了团结紧张，严肃活泼的局面。

四、强化理念，提升税收服务水平

教育干部，牢固树立服务纳税人，就是服务经济的理念。全心全意地为纳税人服务。为了服务到位，不断提升服务水平，坚持了四项制度。

一是服务承诺制度。坚持"五零服务"，即：办税服务零干扰、办税质量零差错、办税流程零障碍、办税对象零投诉、廉洁自律零接触。建立了服务预约制、服务延时制。做到"四声、四心、四不讲、四个一样"，即"业户进门有迎声、咨询政策有答声、提出问题有回声、业户出门有送声；接待业户热心、处理问题细心、解释政策耐心、接受意见虚心；埋怨责怪的话不讲，挖苦讽刺的话不讲，欺瞒哄骗的话不讲，无原则的话不讲。"一些纳税户深有感触地说："过去都说买卖两心眼，收税人和纳税人是天生的冤家，是一对无法调和的矛盾。现在看可绝不是那样，人家税务局办的这些事，想的这些法都是为纳税人着想的。都是说在理上，办在理上，是真心实意地为纳税人服务的。老脑筋得换了，旧眼光得改了。人家诚心待咱，咱可不能不识抬举。一定得按时、如数交税。人家这么做，谁再不好好配合，那就不怪人家了。"

二是政务公开制度。通过大屏幕、电子触摸屏、内部网站，不断强化政务公开的时效性，保证公开内容为纳税人关注的内容，让纳税人及时了解税收政策新的规定，让纳税人交明白税、放心税，能知法、守法、用法。一些纳税人说，过去政策不公开，掌握在专业人员手中，老百姓心里没底，老怕上当受骗，靠别人说一是听不懂，二是记不住，三是心怀疑虑。实行政务公开，就是将政策规定交给纳税人，他看明了才能懂法，才知道怎样做才是守法，更知道了如何用法保护纳税人的权利不受侵害。将政策交给了纳税人，它好比一把尺子，既丈量了纳税人是否有差错，也丈量了执法人执法是否准确无误。这样做的好处一是保护了纳税人的合法权利，税交的放心。二是加大了执法检查的力度，促进了行政执法能力的提高。三是促进学法的积极性。纳税人要不吃亏就得将政策研究明白，执法人要想不出错，不让纳税人问住，首先得学好，弄明白，记住。四是减少了工作量。由于文化基础不同，阅历不一样，有的人讲几遍也听不懂，听不懂先是急，后是喊，接着就是骂，减少了矛盾。有一个县，一个纳税人学习政策之后，自己计算纳税额度，发现不对劲，到县里去找，经核对确实错了，立即进行了纠正。

三是考核制度。制定了《文明办公十五不准》、《文明服务公约》、《文明办公八项标准》、《出勤制度》、《着装制度》等项制度。用制度来规范人、约束人，并建立了一整套的考核办法。将执行规章制度作为干部考核的重要内容，对在执行政策上出现误差的，实行一票否决。将干部执法情况作为评价干部的一项重要内容，作为评定档次、评优记功的重要依据，也是作为干部培养使用的条件之一。

为了不断提高执政能力，在全社会实行了问卷调查，分别以窗口服务满意程度、便民程度、工作效率、办税程序、服务质量为内容，广泛征求意见。调查结果显示：方便满意度达到99.59%，服务态度满意度达到97.94%，工作效率满意程度达到99.38%，办税程序满意度达到98.88%。

四是实行了"一窗式"服务制度。由原来的单一办税窗口，变成了综合服务窗口。综合服务窗口是集申报审核、申报录入、开具缴款书、开具完税证、发售印花税票子于一体的窗口。原来在多个窗口办理的业务，现在一个窗口就能办理。做到了限时服务、高标准服务、为纳税人提供快捷、方便、规范、一流的服务，收到了广大纳税人的一致好评。从2005年实行到现在，共收到纳税人表扬信39封，锦旗14面。

这就是辽源地税办税服务中心，他们是一群心怀聚财为国、执法为民的地方税收的征收人，他们用火热的激情和无悔的青春践行着对税收事业理想的追求，树立起了热爱税收的奉献者、公正廉洁的执行者、精通业务的进取者、文明高效的税务工作者的新形象，忠实地履行着对纳税人"文明、优质、高效"的服务承诺，续写着辽源地税办税服务中心更加辉煌灿烂的明天！

平平淡淡才是真

随着咣当一声门响，一个中年男子风风火火地走了进来，他回头看了一下门牌，自言自语地说："对，就是这屋"。我站起来迎了上去，两只手相握，就算认识了。

看见他的第一眼，差点笑出声来，急忙拿起水杯，来掩盖自己的失态。心想：真是名不虚传。他留着光头，不太整齐的眉毛下一双有神的小眼睛，厚嘴唇再配上里出外进的门牙，一张掉在地上都找不着的黑脸，要不是有个比较苗条和高点的个头勾点分，这人真是没地方看了。他就是辽源市西安区灯塔乡地税所长，人称"四大丑星"之一的解长利。

俗话说，人不可貌相，水不可斗量，这可不假。别看解长利外表比较"简陋"，但他有一颗孝敬父母、对家庭有责任感、忠诚税务事业、爱岗敬业、乐于帮助别人、干工作实在的金子般的心。

一

解长利，年过不惑，东辽河水培育出了他北方人特有的气质：沉着、朴实。生活的磨砺又使他变得更加干练、精明。几十年的艰难行程微雕一样刻在脸上，着实值得人细细琢磨。

在国家连续三年自然灾害，人民生活出现了暂时困难时期，解长利来到了这个世界。他的童年是在动乱中度过的。当教育恢复了正常秩序，他已经稀里糊涂地读完了初中，考上了辽源工业学校，毕业被分配到了毛绢厂做了技术工人。刚上班几个月，市里便成立碳纤维布厂，从当年毕业生中将长利选中。没读过几天书的父亲和一个大字不识的母亲，虽然讲不出什么太深的道理，只是一再嘱咐他："领导看重咱是咱的福分，一定要听领导的话，向老工人学习，对人要诚实，干活要实在。"长利都默默地记下了。领导让他领几个同事搞设备安装、试织，经过一年，三百多个日日夜夜，没白天没黑夜的苦干、实干，终于试验成功。市里表彰了他们，并奖给他 2 000 元钱。他第一次见过这么多钱，一个月只有几十元的工资，这么重的奖励，真是让他喜出望外。他乐颠颠地将钱捧回了家，交给了父亲。一个刚毕业的学生，干成了这么大的事，一时成了佳话，解长利也成了小名人。1985 年被东辽县农业银行选调过去。能到当时工资待遇颇丰的农业银行工作，长利打心眼里感到了满足，这是他人生的重大转折。

在东辽农行，长利看见同事们都有一身过硬本领，就学着他们的样子偷偷地练。他买了个只在学校学过几次的算盘，在家里练，一练就是几个小时。功夫不负有心人，不到一年时间，他就考过了珠算二级。接着他就练点钞。他这双干活出身、满是老茧的手像不分路似的，怎么也不听使唤。他想，在银行工作的，哪有点钞慢的，那不让人笑话，让人瞧不起。他鼓足了勇气坚持练，在他的兜里老装着一沓钱，白天练晚上练，工作时间练，回家接着练，他记不清练旧了、练破了多少沓。一年以后，在东辽县银行点钞比赛中获得第二名，还被选送到市、省参加比赛。

他干的正心盛的时候，在市区内的县农行要迁往白泉，这下他可抓瞎了。他家哥仨，哥哥弟弟都在部队当兵，两位老人交给了他。妻子在家是老大，内弟、小姨子都在外地工作，这两位老人也靠他们照顾。跑通勤早出晚归的，就很难照顾好四位老人。他只好托朋友往市内联系，正赶上税务局要人，朋友就帮他联系到了税务局，长利同意了。同事听了都很不理解，说："你的脑袋是不是让门框挤了，连数都不识了，银行工资高、待遇好，上税务局干啥去？"长利讲出了家里的实情，他不顾领导、同事的再三挽留和好言相劝，含泪来到了西安区税务分局，干起了他并不热爱、陌生的税收工作。他又开始了艰辛的自学路。他买、借了业务书，在工作中认真地看，用心地琢磨，虚心地向内行人学习，两年他就能独立工作了。实践中，他知道了税收就好比人体中的血脉，能用自己的汗水往国家的血脉中注入一滴滴的血液，这是一个多么神圣而高尚的职业啊，很快他就爱上了税收工作。

天有不测风云，人有旦夕祸福。在他工作刚刚起步的时候，父亲患了食道癌晚期。他日夜守候在父亲的病榻前，父亲爱吸烟，又舍不得抽好的，他买了万宝路为父亲点着。父亲爱吃什么，他就调着样地做，用去了所有的业余时间，直到1990年父亲病逝。父亲走了之后，母亲身体一下子垮了下来，严重的风湿病使她已经不能走路，岳母患有严重的心脏病，三位老人小毛病不断，使这个本就不富裕的家庭，过上了捉襟见肘的日子。漏房又遇连雨天，妻子所在的汽车电机厂解体，下岗回家。为了生活，妻子干起了个体。照顾三位老人的担子落到了长利一个人的肩上。他在单位、医院、药店、市场中奔忙。有时照顾住院的老人晚上值夜班，白天还照常上班，家里的困难从不向领导同事透露半句，他自己默默地承受着。解长利是个孝子，这在远近是出了名的。

二

解长利是个头脑灵活、工作务实、办法点子多的干部，领导看中他这一点，将他提到西安区灯塔乡任所长。

灯塔乡位于市区的边缘，有个体户700多户，企业100多户，最远的村50多里地，管户范围300多平方公里。工作对象多数是农民和下岗职工，每年的税收额在50万元左右，跑漏税现象非常严重。他想：要想扭转局面，必须从难弄的地方下手，拿个体户里的"霸主"开刀，不能撑死胆大的、饿死胆小的。

一天，来到了一个卖橘子的业户家，业户正在过秤，手里拿着厚厚的一沓钱,一见到长利,还刻意摆弄了一下钱。长利告诉他你已经过了交税期了,他眼睛一瞪,"妈个×的,我还没卖出税钱呢,没钱交!"长利耐着性子说:"该我的可以不给,该国家的钱我没权力不要。"

见业主满嘴脏话,说什么也不交,他只好蹲到了秤上,不交你就别卖。那些买主在等着过秤,他占着秤不让称,一下子上来6个人,有的推、有的拉,有的拽,还有个上来捶了两把。衣服被拽开了线,扣子被拽掉了,他就是不离地方。站在秤上说:"8小时之内我不能动手,8小时之外,我脱掉这身衣服咱们单抠,伤了倒霉、死了活该。"老板一看这阵式,数出了一沓钱,往地上一扔,"拿着买纸烧去吧!"长利气得浑身发抖,告诫自己,这身衣服是代表国家执法,必须忍,拾起散落在地上的钱走了。

有个开饭店的业户,放出了风,"谁要敢到我家收税,我砸碎他的小磨!"长利一听说就找了去,进门就问:"什么是小磨?我送来了,省得你去砸,就是砸碎小磨我也得收完税。"一下子给叫住了,看业户不吱声了,长利也缓了下来,笑着说:"哥们,别这样。如果都不交税,国家拿什么搞建设?经商纳税是天经地义的,有困难说困难,别来口外的。"心平气和的话语使他们彼此间加深了了解和理解,越谈气氛越好。业主当场补交了欠下的所有税款。别人一看连这户都交了,别人也就不扛着了。

有个哥俩开的石场,两个人都有前科,没人敢去收税。长利就是不听邪,亲自上门收。他面带微笑告诉他们，我是地税局的，来收税。业主冷冷地说："我只知道有公安局，没听说过地税局。"长利耐心地解释，业主根本不听，老大手提着刀从里屋冲了出来，手指着长利的鼻子说："识相的立马滚蛋，要么我就干死你，反正我已杀过人了。"长利面对着大刀并不示弱，告诉他们："你去买二两线'访一访'，我从小就是习武出身，你可以打死我，但打不黄税务局，我死了，还有人接着收，不交税是不可能的。再说了你打我你犯法，我打你是自卫，就你跟我打，我怕别人说我欺负你。"

这哥俩一看来硬的遇上了不要命的，老二就将口气缓了下来，商量问可不可以少交点，长利还是耐心地说："这不是个人买卖可以讲价，税款是国家的，少一分也不行。"他们只好补交了半年的税款。

几个霸主解决了，其他人也就顺溜了，没有人不交税了，按月交税都很主动，自觉去交。年收税额从过去的50万元，提高到今天的470万元，保障了国家税收这条血脉顺利畅通。

三

解长利说，光有收好税的愿望不行，必须有收好税的本事。这本事来自他刻苦的学习，他将常用的财务知识、征管法规都熟记在心，谁要想钻法律、政策空子，是一点门都没有。

他还认为，光这还不够，你的管片有啥你就得研究啥，从中找出规律性的东西，日积月累，他摸出了一套自己的工作套路，这些做法也是在工作中逼出来的。

辽源市建筑用的石料，大多数来自西安区，石场也集中在西安区，但税收一直上不来。定额一下去，都说打石头卖不了多少钱，税额定的太高。为了让这些人心服口服，解长利将每个石场都走了几趟、十几趟，走访请教了相关的内行人。他掌握了一度电能加工多少石料，一公斤炸药能出多少石料，一米石头要多少人工，一米石头核多少成本，一米石头能赚多少钱。他还走遍了所有的施工工地，查清他们是从哪儿进的谁家的石料。这些搞清之后他就一家一家的算账，一户一户的核实下达的税款额度。这一算税额不是下多了，而是下少了，这一算给业户算的目瞪口呆，瞠目结舌，都顺顺当当地按下的税额如数交了税。过去石场每年收税7 000元，定额以后，当年就完成了5万元的税收。

长利已养成了多年的工作习惯，每天都在市场上转来转去，时间一长，所有的业户就全熟了。一个卖水果的业户，夫妻俩一个盲人、一个半盲，残疾人享受免税。一天他走过这个业户，发现是外地牌照车和几个从未见过的人。将几个陌生人叫到一边问情况，他们一口咬定是给盲人打工。长利告诉他们："他是盲人可以免税，如果调查清楚了，你就是货主，那就是偷税，是犯法，交司法机关处理。"几个人听这么一说，就不吱声了。长利又交代了半天政策，他们只好承认了自己是货主，交了税款。

要及时掌握市场的行情、进货的数量、销售情况，调整税收的额度。有时进货比较少，一天只进一两车货时，一定好卖，销售额大，税收的也多；有时他们没协调好，进的多了，一样东西，一下子进来十几车，甚至几十车，再加上运输中的原因，天气的原因，有的就卖不上价，甚至赔钱。掌握了这些情况适当地调整税收额度，既保护了业主的积极性，同时也使国家的税收不受损失。

四

解长利告诉我，打铁先得自身硬，拿人家的手短，吃人家的嘴短。你收了人家的钱，就得为人办事，哪有免费的午餐。你收了他的钱你就得听他摆布，否则他就告你，一告一个趴。收下别人的钱财那是喝凉酒，睡凉炕，早晚是病。但是人不是生在真空，谁也不能灶坑打井，房巴开门。但要记住，党和国家给我们税务工作者的是为国家收税的权力，不能用手中的权力换取个人的好处。这是原则，绝不可越雷池半步。但还要和正常的人际关系区别开来，妥善处理好。

长利说，他家是老人多，小事不断。但他从不跟任何人说。他告诉家人，买菜、水果日用品绝不准到他管的市场去买，你交了钱人家也说没交，不惹麻烦。

有一年腊月二十九，一个业户打来电话，说已到长利家楼下，长利急忙来到楼下。来人硬塞过来2000元钱，长利严厉拒绝，看来人很不是心思他又缓了下来："钱我不要，咱哥俩吃点饭可以。"这个业户的脸立刻阴转晴，找了个小饭店。长利告诉他："你这是上我家来，客必须我请，多了我也请不起，咱们照30块钱花。"他们俩吃得很开心。

女儿考上了通化师范学院，长利牙口缝没敢欠，但还是有个别人知道了，他们串联了9户，硬让他请吃饭。长利不知道他们干啥，就在个小饭店请了。饭后跟长利同去的同志拿出了3万元钱和礼单，长利一看礼单才知道了这顿饭的用意。第二天他一户户地做工作，每家留了200元钱，其余都还了回去。这些家谁家有事他都去，都高于200元钱。

有一年过年时，一个业户送去了3 000元钱，说是看老太太的。长利笑着说："我家三个儿子，不用你养活，你要是将我当朋友，就将钱拿回去，别让我犯错误。"硬是将钱还了回去。

西孟有个采石场出了事故，砸死了两个人。交税那天场主也来了，长利告诉他："你家出了事，经请示领导同意免收了。"待人都走了，来人拿出1万元说："反正钱我已经拿来了，省下的1万元咱俩一人一半"。长利见推也不行，只好厉声说："你家出了那么大的事，我没帮你，你还给我送钱，那我还是人吗？以后还怎么在人堆里混。"他听长利这么一说，就将钱装了回去。

一个年三十的上午，一位60多岁的老同志，走了几十里路，送了50斤酒。长利实在不忍心让他拿回去，就请他吃了顿饭，买了两条烟让他带了回去。

龙背村是离所里最远的一个村，有50多里地。一天，一位家住龙背村的村民来办税，正赶上电脑出了故障，人们都忙着修理，见了来人就说："对不起，机器正在维修，办不了事。"来人转身走了。长利办事回来听说了这事，立即开车赶去，将人拉了回来，并陪着他到市局办的相关业务。这些年下边来办事的，他没有让一个白跑的。

一些人在私下里议论："咱税务所所长长得砢碜点，但心眼好，为人好，工作干的也好"。

解长利走过的路是平平淡淡的，但他干的那些工作都是真真切切、实实在在的。

踏平坎坷成大道

什么是路？就是从没路的地方践踏出来的，从只有荆棘的地方开辟出来的。

——鲁迅

有位哲人说过：才华＋机遇＋毅力＝成功。辽源市地税局干部石殿彬，正是沿着这个人生方程式，从一个偏远山区的村小考入了重点初中、重点高中、吉林财税高等专科学校。走出了大山沟，离开了黄土地，结束了祖祖辈辈面朝黄土背朝天，土里刨食的生活，走进了城市，成为一名国家公务员。

家风奠基

石殿彬，1970年出生在东丰县猴石乡文安村一个世代农民家庭。打他记事开始，父母恩恩爱爱，从未绊过嘴，跟邻里有均有让，是全村有名的好人。

那时，家里很穷，穷得吃不饱饭。殿彬兄妹四人，都非常懂事。每到吃饭的时候，都让干活的父亲吃好，让劳累的母亲吃饱，自己吃到不饿就放下碗。

父亲在生产队任队长，一天，生产队一位妇女难产，他父亲找了几个社员，将病人抬到了卫生院，医生一看，就同在场人商量，孩子已经呼吸很弱了，大人也大流血，咱这小医院，储存不了血浆。若是送20多里远的县医院，时间已经来不及了。产妇的丈夫"扑通"一声给医生跪下了，边磕头，边求医生："救救这两条命吧！"

殿彬的父亲表示："医生放大胆子做手术吧，死马当作活马医，万一有个好歹的，大家作证，不怨你。血，抽我们的。"

经过化验，只有殿彬父亲一人符合条件，他告诉医生："抽吧！需要多少抽多少，救命要紧。"医生见他异常消瘦、并不健康的身体，抽了100cc手就开始发抖，不忍心再抽了。殿彬父亲告诉护士："抽吧！我挺得住。"

孩子呱呱坠地了，两条性命保住了。当殿彬扶着母亲赶来的时候，只见父亲紧闭双眼，脸没有一丝血色，殿彬急得哭了起来。父亲抚着殿彬的头说："别怕，我没事的，就是有事，一条命换两条命也值了。"这一幕小殿彬看在眼里，记在心上。

母亲是一个大字不识的文盲，她希望孩子好好念书，做个识文断字的人。为了给念书的孩子及时做午饭，她做起了出工晚、收工早的"猪倌"，为生产队放猪。一天中午放猪回来，一点数少了一头，她将猪圈好，急忙跑回家，热了点饭，自己一口没吃就上山找猪。一直找到下午3点多钟，才将丢失的猪找了回来。晚上殿彬给母亲上药，见她脸上、脖子、胳膊、腿上、手上被树枝荆条划了数不清的伤，心疼地掉了泪。

有一年的8月，连续降雨，泥石流下来，将住在低洼处的一个邻居家的房子冲倒。社员急忙赶去抢救，只救出几条已经湿透了的被子，其他什么都没有了。殿彬父母一商量，将自家的仓房倒了出来，搭了铺炕，就让这家人住了进去。社员们生活虽然都很紧巴，但还是你给一个盆，他送几个碗，他给双被子，他送上衣服。这一桩桩一件件父母帮助别人的事，殿彬和他的兄妹们都看在眼里，记在心上，并在他们幼小的心灵里深深地扎下了根。

2002年7月的一个星期天，邻居们约着一块带着家人去辽宁省营口市冰峪沟去玩。去了6家，15口人，殿彬带着女儿去的。大家来到了一座用铁链上边铺木板搭成的吊桥上，一条铁索算是护栏，后面是山，下面是水，水深两米多。大家有的在桥上走，有的在桥上拍照。殿彬给女儿照了山景，又照水景。他们刚上了浮桥，见一个游客正在给孩子照相，孩子个高，体胖，站得太靠边，身体失去平衡，大头朝下仰到了河里。父母都不会水，急得大声呼救。人们想找点什么东西抛下去，拉上掉下去的孩子。聪明机智的石殿彬发现孩子掉下去的地方有很多铁丝网，如果跳下去，将孩子托起来，抓住铁丝网，孩子也许会有救。他见孩子一窜一窜的，这样坚持不了几分钟，他什么都没脱，从桥上跳了下去，一个猛子扎到了孩子身边，一把抓住了孩子。由于殿彬不会水，挣扎中喝了几口水，好不容易抓住了铁丝网，他和孩子才一起从水下浮了上来，在几个人的帮助下，他和孩子被拉上了岸。人们都急着照顾处于昏迷中的孩子，没人顾得上殿彬已被铁丝网划的、扎的血肉模糊、满身是铁锈、油污、流血的伤口。在女儿的搀扶下，殿彬离开人群，去找医院。多少年过去了，单位、同事没有人知道这件事。

穷则思变

生活，能使脆弱者沉沦，也能使强者坚韧。

贫穷的环境，缺吃少穿的生活，孕育了石殿彬直率诚挚、刚直不阿、万难不屈的个性，也铸就了他一颗勇于征服困难，不甘示弱的雄心。

人说：穷人的孩子早当家。殿彬兄妹四人都非常懂事。家里的活计都争着抢着干。学习上从不让父母操心。他和同上小学的一个姐姐、一个哥哥分别在一、二、三年级，是三个班级的学习委员，在班级都是尖子。他们的学校是村办小学，条件十分简陋，他们学习都很刻苦。殿彬以全乡第八名考入了县重点中学。

1986年考入县重点高中，全校只考上了他和另外一个同学。由于路途太远，只能住宿。他知道家里生活困难，从不乱花一分钱。他上高中的第一周，5天只花了7元钱，每顿饭只买米饭和一碗汤。他不想接受别人的帮助，每天吃饭，他总是最后一个去。

由于父母年老体弱，加上疾病，一块供三个孩子上高中已经没有能力。殿彬的哥哥，是他们几个中学习最好的，他说："我是长子，理应担起这个家的担子。"他含泪离开了学校，帮父母干活，供他们姐弟俩继续读书。他们学习就更用力了。1989年，石殿彬考入了吉林财税专科学校。他学习仍然非常刻苦，成绩一直领先。在东北的财经类院校统考中，他取得了省第二、东北第七的好成绩。学校发了400元奖金，这400元钱成了他一个学期的生活费。

尽管他每月只有70元的生活费，在他还剩一年毕业的时候，家里也无能力承担了。他在亲戚、朋友家借了1 000元钱交了学费，艰难地坚持将大学读完。

他被分配到了县税务局工作。为了还上1 000元的欠款，他住在走廊间壁起来的只能放一张床的地方，自己做饭吃，啥便宜买啥，啥贱吃点啥，将每月工资、奖金、下乡补助都攒起来，用了大半年的时间还完了全部欠款。直到现在他穿戴都很俭朴，不挑吃、不讲穿，一门心思用在工作上。

踏实工作

科班出身的税务干部，在县局只有他一个。领导对他格外器重，将他安排到税收一线个体科工作。殿彬觉得这是自己在实践中学习提高的好机会，也是自己接受锻炼和考验的好机会。他告诫自己，一定严格遵守工作规则和工作纪律，文件咋规定就咋办，领导咋安排就咋执行，绝不能走样。

个体科的工作点多、面广、难度大、从业人员复杂，待业的、释放的、解雇开除的都有。这些人的纳税意识差，工作起来困难重重，生气、吵架是家常便饭。他看着、学着老同志的样子干，很快就进入了角色。

图书馆办了一个装潢商店，领导让他去协调、补办登记手续。他自我介绍没人理他，他宣传税法，工作人员竟说："我们忙着呢，没工夫听你嘟囔。"一提到收税，态度更加蛮横："我们是行政机关，交什么税，哪凉快上哪呆着去。"他不管别人啥态度对他，就是一天一趟，你听不听他都讲。他的执著感动了业户，办了登记手续，补交了税款。

1995年财政局建了个招待所，请通化一个施工队。殿彬找业主交税，业主同意由甲方代扣。他找到了办公室协调，不是说人不在，就是说没有工夫。他天天去，人不在总有在的时候，今天没工夫总会有工夫的时候。当跑到第十二趟的时候，办公室人员实在看不下去眼，就问："你直说，想办什么事？""收税"，刚一说来收税，工作人员就急眼了："我是行政机关交什么税！"殿郴不急不躁，耐心解释政策。那人只好来横的："交税！没钱！回去找你们局长要去（税务局长原是财政局长）。"他不管别人怎么说，还是天天去。办事人员说："小伙子我真服你了。"最后代征了税。

他分内工作认真，分外事也很热情。

　　殿彬每天上班，总能看见一个蹬三轮车的，穿得很破旧，在他附近等人。每天早早从乡下来，很晚才回去。有时吃点家里带的凉饭。一次他向殿彬讨几口热水吃胃药，他们认识了。殿彬经常给他送点开水和吃的，还将家里的旧衣服送给了他。他讲出了家里几人有病，生活困难的情况。殿彬了解情况属实，就向领导做了汇报，给他减免了一些税。

　　一天，一个纳税人来办事，忽然捂住胸口，脸色煞白，豆大的汗珠从头脸上直滚。殿彬急忙跑出去将他扶到沙发上，倒了开水，帮他吃了药。问明他来干啥，就拿起他办事的单子，一个单位一个单位地跑，直到将手续都办完，交到了来人手上。那人感激得半晌说不出话来，反复说着谢谢、谢谢。

　　有位来办事的老太太，自己没文化，老伴死了，两个孩子都是低智商。家里大事小情都是老太太跑。她看殿彬对人热情，心眼好，填个表、问个事都来找他。殿彬不厌其烦，老是一个劲，帮着跑、帮着办。一次来市里办房照，来找殿彬，殿彬找文件，向房管部门咨询，直到把事办完。从那以后，老太太经常打电话问事，有时让殿彬帮着办，殿彬一件件都认真去办。老太太将殿彬当成了知己的人，每到市里必须来看一眼殿彬。

　　一天，来了一位老人，咨询买房子手续不健全怎么办。殿彬查文件、咨询别人，为他填表，足足忙了一上午。临走，来人将殿彬叫到外边，塞给他2 000块钱，被殿彬拒绝了。他又从兜子里拿出两条烟。殿彬笑着说，我不吸烟，要烟没用，又婉言谢绝。

勇于创新

2005年，省地税局将JTAIS 2.0的测试工作交给了辽源局。领导将这项任务交给了石殿彬。他积极配合信息中心技术人员，对数据进行一项一项的比对、监控和清理，并将测试发现的问题及时向省局报告。测试结束后，配合信息中心向省局递交了测试报告，为征管系统的完善和推广做出了贡献。同时，也提高了市局征管信息化建设水平，实现了征管数据市局大集中，征管信息系统覆盖全市所有征管区域，提高了全市征管工作效率，提升了为纳税人服务的水平。

在高质量地完成了JTAIS 2.0测试任务，又承担了微机核税软件、银行批量扣税和征管信息领导分析系统的试点任务。在微机核税软件的本地化开发中，他组织技术人员，征管相关人员，对微机核税的相关参数、系数进行了多次测算和调整，使辽源地税局率先在全省应用核税软件评定税收定额，规范了税收程序，实现了阳光定额，促进了公平竞争，提高了定额透明度。在全省召开的推广应用核税软件工作会上，作了专题汇报并多次接待其他市州前来观摩考察。为全省的推广作出了贡献。

在开展银行批量扣税工作中，殿彬积极与工行、农行、邮政储蓄等多家金融单位进行洽谈，协商合作条件和草签合作合同。经请示领导选定了邮政局为合作单位，研究制定并联合下发了《关于实施税邮网络申报纳税办法的通知》和《税邮联合办税管理暂行办法》，双方达成了批量扣税、乡镇查实征收纳税人邮寄申报和代购定额发票等合作事宜。起草下发了《税邮网络申报纳税办法实施方案》，明确了开展这项工作的组织领导、工作重点和要求，统一制定了协议，宣传提纲等资料内容，为保质保量开展工作打下基础。在首次扣款期内扣缴税款50多万元无差错。实行这种办法有效地解决了纳税人申报期内排队拥挤的现象，缓解了办税大厅的工作压力，提升了税务机关服务水平。殷彬还深入现场，就有关业务需求同技术人员进行切磋，力争把项目想全、环节想细。在软件试用过程中，进行了跟踪调查，针对试用中提出的问题和需求，提出了修改建议。

随着以申报纳税和优化服务为基础的征管模式的不断落实，纳税评估和档案管理成为重中之重。殷郴组织基层征管人员认真学习领会国家局制定的纳税评估办法，创造性地指导基层开展纳税评估工作。按照指标分析——对象筛选——约谈举证——实地调查的程序进行评估。对全市132家房地产开发、物业、建筑安装、广告、民营经济大户和长期零申报户等实施了纳税评估和个性化辅导。企业自查自纠补缴入库税款近180万元。同时，为了做好评估档案的整理工作，殷彬查找资料，结合自己学到的知识，联系工作实际设计了评估档案范本，供基层单位参考和借鉴。在原有档案实行集中管理的基础上，按照"简化程序、科学归档、专业管理、方便使用"的管理原则，协调技术人员对档案软件进行了升级，补充了纳税人基本情况，收入统计和网上移送等内容，使档案管理更加科学和高效。

石殿彬走过的路是一条曲折、艰难的路，他凭着一颗恒心和坚忍不拔的毅力，穿过不理解他的人群，独立地走出了一条自己的路。

天高任鸟飞，海阔凭鱼跃。相信石殿彬这个科班出身的高材生，会展开强劲的翅膀，飞向更加美好的明天。

时代女强人

　　一个人生命的危机所唤起恐惧之同时，也会唤起对生命的亲切、思考和选择。

——作者

　　在20世纪60年代，从河南省兰考大地走出了一位与病魔搏斗、时刻心系百姓的好县委书记焦裕禄。而在20世纪90年代末，在波涛汹涌的改革浪潮中，从东辽河畔、龙首山下，走出了一位与癌症抗争、生命不息为人民收税不止的女税官——王艳虹。

一、动力唤起的精神支柱

　　时值1998年，正是冬去春归、春寒料峭的季节。忙了一天的艳虹托着疲惫的身子走回家，一头扎到床上再也不想动弹一下。这个从小生长在农村、苦惯了的人，怎么一下子变得这样了？她认为可能是感冒了，找了点药吃了下去，似乎好了点，便去忙着做饭，又上学校去接刚入小学的孩子。

老实厚诚的丈夫，看妻子怎么一下子变成这样，劝她去医院看看，她总是说等忙完这几天的。艳虹说的是实话。她负责城区分局个体税收征缴工作，为了方便群众办税，这里没有节假日，没有休息天，连中午来人办事，她们都放下手中的饭盒，办完事再接着吃。

从早到晚不停地忙碌，有时却忘了去学校接孩子，病早就忘的没了踪影。细心的丈夫见妻子一天天地消瘦，脸色越来越难看，有时坐着都冒虚汗。他硬逼着妻子去医院看病。艳虹这才倒出了心里话，几个月前发现脖子上有个肿块，她说这么个小东西，长得又很慢，是一般的肿块不用治，消消炎就好了；是不好的东西，看也没有用，那些大人物得了，用最好的药，最好的医生设备，最终还是留不住生命。活着干，死了算。人活多大岁数都逃不了死。哪打铧子哪犁。在丈夫的苦苦相求下，她只好去了医院。经过诊断，立即做了切除手术。由于当时医疗条件有限，"病理"化验要送省城，一周后才能出结果。负责为艳虹手术的市医院科主任矫立恒医生亲自去了省城长春，为了准成他将标本分别送往三个大医院检验。艳虹手术后，在医院待了7天，一拆线，她没回家，直接去了单位，又投入了紧张的工作。

一周以后，化验结果回来，淋巴结癌，三个医院化验结果是一致的。医生找来了艳虹的丈夫，将化验单交给了他。丈夫浑身发抖，大滴泪水夺眶而出。他决定不将实情告诉妻子。丈夫回到家，告诉妻子，明天去医院复查一下。聪明的妻子见丈夫低着头说话，眼睛像哭过一样，知道自己担心的事情发生了。他鼓足了勇气说："将检验结果给我看一下。"从未说过谎的丈夫，见已经瞒不过去了，只好拿出了化验单。艳虹感到像天塌了一样，万念俱灰，那么的无助，那么的绝望。

她看了一眼在生活上没有支撑能力的丈夫，想到生活上还不能自理的孩子，身体多病年迈的父母，感到自己还死不起，必须坚强地活下去。在10天之内开始了第二次手术。为了安全和手术效果，除了切口处用了点局麻，里面的切除没打麻药，只给她打了一支止疼针。为了丈夫、孩子、父母和她热爱的事业，她必须挺着，她尽力咬着牙，让自己不出声。手术做了两个半小时，手术的医生说："你真刚强。"

她出院回到家，同事去看她，她迫不及待地问税收进展情况、单位工作情况，当听到正在进行机构调整，她立刻想到，她是综合科长，对口局里四个科室，她不参加，工作没法进行。第二天就去上班。领导正在一筹莫展，见她来了非常高兴，一再告诉她，注意休息、量力而行。她一工作起来就忘记了自己做完那么大的手术才一个月时间。一头扎在工作里，开始了满负荷的工作。

人们从王艳虹身上，感悟到了一种精神动力，那就是为民收税是天职！

二、天职不容动摇

10天做了两次大手术，对于生和死的斗争，时常在王艳虹大脑里反复着。她说，绝不是一次性信念就可以坚强到底的，必须是善于寻找自己生命的热情联结另一个生命的热情，不断地寻找自己生命的辉煌和亮点……

有十多天夜里她时常梦见死人的事，梦见村里刘婶家披麻戴孝，浩浩荡荡地去报庙。一会又忙于工作，梦见一个纳税户不交税死不讲理，将自己气醒了。又梦见自己下户，遇上一群人哭哭啼啼的送葬，一会又遇到了可怕的车祸。那骨灰盒、那花圈的挽联、孝巾，那人的血红和车的残骸，一会儿那些已故的亲人又回到了自己身边。这些，无不在传递着死魂灵的讯息，使她见罢心里暗暗发怵：这是怎么搞的，是不是我的生命要到尽头了——王艳虹感到很晦气，有点沮丧！于是她小心翼翼地注视着自己身体的变化，每一根神经都崩得很紧！然而，这一切梦中所遇，唤起了她的恐惧，也唤起了她对生命的再次思考和选择——活就干，死了就算了！于是，她一边工作，一边治疗。每天早上5点起床，一直干到晚上10点多钟。

随着经济体制改革推进，一些经济管理部门也进行相应的调整，变过去的条条管理为区域属地管理，艳虹所在的城区分局解体。新的机构组建前，进行清产核资。这是一项业务性强、业务知识面很宽的工作。从税收的计、会、统，税款、税收票证、税务登记收据及款项、正副本要一项一项地核。干这活艳虹最合适。领导一方面担心艳虹刚做完大手术，怕她身体吃不消；一方面觉得时间紧、任务重，全省统一动作，怕不能按时完成任务。只好一再嘱咐艳虹，你怕着急，注意身体，别累着。听领导这么一说，艳虹心里觉得热乎乎的。她心想，怎么也不能拖全省的后腿。她们起早贪黑、加班加点地干，一个周日也没休息。她硬撑着，实在坚持不住，就在沙发上躺一会儿再干，直到完成任务。

机构改革后，她被分配到西安分局工作。为了照顾她的身体，领导安排她做了经费会计。她知道这是组织对她的关心，领导对她的照顾。当她看到税检工作压力大，领导正为人手不够犯愁时，领导想征求一下她的意见，问她身体状况，她告诉领导："我的病啥事也没有了，有活尽管安排"。只干了几个月轻一点的活，又被调回了检查科，负责复查。实事求是的说，她当时接这项工作，身体是吃不消的。由于手术效果不算太好，再加上手术创伤面很大，且她没等到痊愈就上班了，多处粘连，一活动就钻心地疼。由于脖子上的肌肉全被切除，风一吹，有一种说不出来的难受劲。因此，无论外面多高的温度，她必须穿高领的衣服。颈部的淋巴结全部摘除，没有分泌唾液的功能，一会儿不喝水，口干得就像要着火似的。她无论上哪，走多远的路，手里总得提着水，一会儿就喝一口。这些她对谁都没说，一个人默默地撑着，干活的时候，没有人能看出来她有病。

一次，她同一位同事去调查核实一件税前审批。这个单位离市区太远，当她们来到这个单位已是汗流浃背。她们顾不上歇一会，立即投入了工作，一笔一笔地看着账目，她的高领衣服，加上虚弱的身体，脸上的汗不是流，而是淌。一直到看完了账目，将这户企业收支比例不协调的问题指了出来，并且讲政策，使这户企业感到减免税没批的原因在于他们自己。走的时候，企业同志将他们送出去很远，而且要用车送她们，她俩婉言谢绝，拖着疲惫的身子上了路。

为了不让母亲看出来自己有病，她想待恢复好了再回家看父母。远在农村的妹妹打来电话，告诉了她母亲病重的消息，她早走一会儿赶回了家。母亲一见女儿就愣住了，已经瘦得脱了像。母亲一再追问，她只好编了个理由，说上级下了文件，凡是着装的，体重必须达到标准，要么就不准着装，就得改行。母亲半信半疑地说："这上班人啥都得受管着，胖点都不行。咱农民多胖都没人管。"

就这样，她每天一下班就乘大客赶到东丰农村的家，看看母亲再赶回自己的家，她每天都得吃很多药，还要照看好孩子。

她心想等干完手头的几件事，忙完这些着急的活，用两个休息天去侍候母亲，去陪陪她，尽尽女儿的孝心。如果看母亲不行了，就将有病的实情告诉她，让她知道，不是女儿不孝，是现在工作压力太大；不是女儿不孝，是现在身体已顾不上她了。希望母亲能原谅她。谁知，母亲心脏病突发，永远地离开了她。艳虹这个倔强姑娘，干啥事从不后悔，唯有这事使她后悔一生。直到母亲病故，她也没倒出工夫去侍候一天，没将心里话告诉母亲。

一个患有重症的人，人格的升华，就是不怕死。于是说，任何生命的点都将不再辉煌，辉煌的将是生命的过程。

艳虹料理完母亲的后事，又匆匆地投入了工作。

三、生命不息、工作不止

一天，艳虹从企业里查账回来，边做饭、收拾屋子，脑子里还在不断地转着白天的事：这个企业库存为什么这么大，他们为什么将支出列的那么大，这是为什么？对！这里一定有问题。直到晚上睡觉她还在想着，想着想着，怎么也睡不着了，她穿上衣服，走出门外，漆黑的夜，像一张偌大的黑色的网罩着大地，但在这黑夜中却能看见王艳虹在那儿像铁塔似的一动不动。她望着天空的星星，那么多星星，平等于天穹之上，互相照耀着，每一颗都发出自己的光，构成天空灿烂的图景。那么，哪一颗星星是自己呢？是最小且又眨着眼睛那颗呢？还是一刹那间拖着尾巴在天河中划向天际的那颗流星呢？王艳虹从那颗流星中看到了自己的工作脚步必须加快。

王艳虹回到屋里，又继续着她的事业……

时钟刚刚敲过六下，王艳虹才揉揉发涩的双眼洗脸去了。

吃罢早饭，她与同事又来到了这户企业，将账目和实物一样一样地比兑，终于查出了他们加大库存挤占所得税、税前扣除不买的问题。在事实面前，这户企业只好认了账，补交了十余万元的税款。

一天，一位下岗的同学高兴地告诉她，她找到工作了，是个刚从外省迁到本市的企业，是一个规模很大、资金非常雄厚、能带来上千万元税金的大企业。艳虹最敏感的字眼就是"税"字，一下子增加这么多税源太好了。她们一直唠了半天，艳虹记下了这个企业的名字。

几日之后，这个企业来办事，艳虹放下手中的活迎了上去，又是让座又是递茶。她让来人歇着，自己帮着这屋那屋地跑，一项项的办完交到了用户手中。来人看她如此热情，试探着讲出了自己刚来环境不熟、人也不熟，下步应上财政局接着办。艳虹看出了他的心思，马上热情地说，我送你去，帮你办。

他们步行几里路来到了位于市区的财政局，她陪着用户办了这项办那项，出了这屋进那屋，每到一处她都详细地介绍这个企业，她开玩笑地跟大家说：这可是咱市新请来的"财神爷"。用了足足一上午时间才把所有的事办完。用户一再表示感谢，说："你们辽源人可真热情，服务态度都那么好，新来的人没有陌生的感觉，到哪儿都像到了家一样。"

在全国宣传落实征管法的时候，领导又把艳虹调到了人教监察科。

她想，征管法是税收工作的指导性法律，是税收工作者的行动准则，必须真学、真记、真用。她制定了学习宣传的计划和具体要求，她自己首先带头学、带头背。她将学习中大家提出的问题整理、印成资料，以供大家学习用。在全市组织的征管法业务考试中，她们科派出的代表取得了总分第一，在全省征管法业务考试中她们又摘得了桂冠。

这两个第一，凝聚了王艳虹与顽症抗争的心血，是她心系税收工作的标志。她生命脚步的震响，博得了同事们的爱戴与尊敬。组织给了她应得的荣誉，一次被市局评为先进工作者，五次被市局评为优秀公务员。

情为税徽添光彩

初雪过后，生命力极强的毛毛狗在深褐色岩石夹缝中迎风摇曳。

一条泥泞的乡路蜿蜒地由起伏的丘陵的怀抱伸向旷野。

这条路走过了多少次，连鲁年海自己也记不清了，那是履行自己的职责去收税、查账、催缴……

他，这个喝白泉水长大的农民的后生，习惯了走这乡间小路，喜欢看这山山岭岭、沟沟坎坎，深深地爱着这片养育了他的黑土地。

鲁年海出生在东辽县安石镇东道村，一个地地道道的农民家庭。父亲在旧社会给本村地主打长工，从小就练就了一身干农活的把式，农村的活计没一样他不会的。人又老实厚道，手脚勤快，从不多言多语，干活又实在，谁都愿意雇他干活。由于很小就失去父母，光知道干活的父亲，一直到解放，近30岁了，才成的家。从小就失去了家庭温暖的父亲，生活没有规律，饥一顿饱一顿，凉一口热一口的，使他得了严重的胃病。从小没人管，有病就挺着，坚持不了干活就趴几天。成家之后，两年生一个孩子，10年工夫生下年海兄妹5个。靠父亲每天只挣几角钱的工资，养活这个7口之家，生活已经捉襟见肘。有病加上劳累，父亲的病日渐加重。1970年转成胃癌，拿不出治病的钱，直到病故，一天医院也没住。父亲临终前拉着母亲的手，摸一摸5个孩子的头，已经没有了眼泪，只有痛苦的表情，他用断断续续的语句嘱咐着爱妻："我不行了，这5个孩子都交给你了，一定要把他们抚养成人。两个姑娘给她们找个人家吧，还能减轻点生活负担。"他看了一眼大儿子，说道："他心眼儿不多，活能干多少干多少，不要硬逼他。别让人家孩子欺负他。"父亲用尽全身力气，抬起了抖动的手，拉住了二儿子年海这个不到10岁的小手，"这个家将来就靠你了，好好念书，将来干点事，养活你妈，管理好这个家。"父亲死的时候一直是睁着眼睛、张着嘴。一个老辈人说他是放心不下多病的妻子和5个都没成年的孩子。

父亲走了已经30年了，但在年海的耳边经常响起父亲一声声痛苦的呻吟和临终的嘱托。

年海8岁那年上的学，在村上小学念的，他学习是班上尖子，整个小学都是班长。

初中是到乡上念的，家里没钱让他住宿，每天跑十几里路上学。他学习刻苦上进，是班里英语科代表。懂事的年海，每天起早贪黑帮助家里干力所能及的活。他的作业都要中午、课间做完。中午从家带点饭，冬天，将饭盒放在炉子上热一下，放在下边的糊了，放在上边的没热，他从不讲究，能吃就行。

家里靠多病的母亲和低智商的哥哥干活，她们出工少，生产队收入又少，一年挣的工分钱连口粮都买不回来，只好找人拉户（谁家工分多，有余钱先从他家扣钱，待挣钱再还人家。），生活十分艰难。

1987年，年海参加中考，差一分没考上重点。别人的孩子都拿钱上了重点，他连做梦都没敢想。上高中要到白泉念，几十里路，只好住宿。每月20元的生活费家里也拿不起。他就到亲属家去借。班主任崔红凡老师见他衣服太破，就将自己孩子的衣服送给他，还经常给他买本、买纸和学习用品。同学们见他吃不饱，经常给他些吃的东西。他没有辜负老师、同学和家长的希望，考上了省税务专科学校。

他从上大学之日起，所有的费用全是借的。亲属借遍了，就找朋友邻居借。找谁谁都借给他点，因为他是念书正用，而且他这个人忠厚，人们能信得过他。只是那年月谁都不富裕。因为都是借来的钱，他花的格外仔细，不乱花一分钱。在省城读了三年书他没去一次饭店，没去过一次商店，书店去过，是看书，不是买书。尽管这么节省，到大学毕业还是拉下了近千元的"饥荒"，参加工作以后逐渐还上了。在这样艰苦的环境下，鲁年海成长起来。儿时的磨炼和经历使他知道了生活的艰难。正因为这样，他心中始终装着党、装着国家、装着人民，在地税工作20多年，他兢兢业业奋斗在税收第一线，经历了坎坷艰辛、饱尝了酸甜苦辣，品足了人情冷暖……

人们常说，每个成功者背后都有许多辛酸的往事。是啊，成功二字说得容易，可谁又体会出其中的苦涩呢？或许，看了鲁年海这个真实的故事后，你会从心里对这个成功者给予理解。

那是年海在白泉分局做专管员那年，在企业所得税清缴检查中，查出一户企业高转成本50余万元，应补缴企业所得税16万余元。企业领导在事实面前不得不认账，但是说啥也不在报告单上签字。他见只有他们俩，就低声说："我们把账重新做一遍，一定让别人看不出毛病来。这事就你知我知，天知地知，咱俩不说，鬼也不会知道。这点小意思你收下。"见到那厚厚的一沓钱，年海气得脸变了色，厉声说："你也太小瞧我了。我这人不是用钱就能买得了的。"将手中的表格重重地往桌子上一摔。企业领导一见，立即换了口气："哥们！你真是好样的。别看你没给我面子，但是，我从心眼里佩服你。你将表放这，我拆动一下，过几天我连表带钱一块给你送去，你这朋友我交定了。"后来企业找年海家人、亲属说情，年海告诉他们："企业欠的不是我的，是国家的，我没有权力不要、少要一分钱。你们都是我的亲人，应该帮我做工作维护我的形象。你们这样，我的活还能干了吗？你们是帮着别人，把我推进监狱！"家里人谁也不作声了，都表示以后再不这样办了。企业只好一分不少的上交了16万余元的税款。

20多年来，年海一直在收税一线工作。他收税地域换了几次，几乎走遍了东辽的山山水水，进出过纳税的千家万户。那是1995年，他在安石分局，负责农村零散税的征收，每天骑着自行车往返在各个乡镇的纳税户中。平路人骑车走，山路车骑人走。为了收一户3元钱的税款，竟跑了两天，往返60多里路。渴了到住家要口水，饿了啃几口干面包。一位老大娘见了，心疼地说："孩子，为了这3元钱的税款，你跑了这么远的路，吃了这么多的苦，这3元钱我拿了。"年海笑着说："税是国家的钱，该收的一分不能少，不该收的一分不能要。为国家收税是我的职责，路再远都得去，您放心吧！"

20多年都是这么过来的，他已经习惯了。收税忙的时候，没有节假日、没有礼拜天。冬天，冒着零下三十多度的严寒，下乡收税。太阳一出来，将表皮的雪晒化了结成一层冰，像镜子一样，摔跟头是家常便饭。有时一不小心就摔到了沟里，爬上来再接着走。夏天，烈日能把人晒出油来。天一黑，蚊子、小咬叮得满身是包。当他看到用辛勤的汗水收来的一笔笔税款入了国库，就觉得这样值得。

税收工作，最难过的是亲情关。有一位关系很近、处的也很近的做建材生意的亲属，年海到他的企业收房产税，他感到很惊讶："就咱这关系，我也得交税？"年海耐心地说："都知道咱是亲戚，你更应该带个好头，人家都看着你呢。"没等年海说完，他就急眼了："你回家问问你的父母，我待你家不薄！你现在出息了，但你不能忘恩负义呀！我算看透了，交啥也不能交人哪！"无论他怎么说，年海就是忍着，耐着性子解释。最后，他很不情愿地交了税款。从那以后，在路上遇着，像陌生人似的。

20多年的税收工作，让年海同纳税人结下了深厚的友谊。他们有事都愿意找他唠唠，让他帮助拿拿主意。工作上的事不管是不是他分管，也都愿意问他，无论问多少遍他从不厌烦，使纳税人少走了不少冤枉路。

一天，一个业户找到年海，一再说我不是来找你们毛病，我觉得你们算的账像不对似的。年海乐呵呵地说："咱们有账不怕算，算错了就纠正。"一算确实是多收了，年海将手续拿到局里，将多收部分退了出来，亲自送到业户手里，并代表办事同志向她道歉。业户说："这不算什么，吃饭还有掉饭粒的时候，谁都有看走眼的时候。"她自言自语说："今天，我才真正认识了税务局和税务干部，你们都是值得信赖的。"

年海和妻子是自由恋爱，俩人感情很好，但有时也争执。有时年节有的个体户送钱物，他的办法是从不给拿东西的开门。有的乘他不在家，说是单位分的。他回家见东西里放着纸条，就急了："这不明明是别人送的，哪是单位分的，你怎么不好好看看。"媳妇也急了："咱也不是卡人家了，咱没去要，人家主动送的，你装啥呀！哪有像咱家这么穷的，结婚这么多年，家里只添了个灯管。"年海是个不善言语的人，见媳妇磨叨起来没头，自己也生起了闷气。但又一想，媳妇跟自己吃了不少苦、挨了不少累，真是对不住她。他立即面带笑容说："我给你添了个活物不就够了嘛！"媳妇被一句玩笑逗乐了。他见媳妇阴转晴了，接着说："吃人家的嘴短，拿人家的手短，吃了拿了人家的就得替别人办违纪的事，你不办他就揭你的短。领导常讲，《税务工作人员守则》常学，咱必须按要求办。"媳妇笑着说："我不是让你收人家的礼，是因为你说话太气人了，我故意气你。"年海和媳妇一块将东西送了回去。

县里招来一户客商，年海帮助办手续，查规定，这屋跑、那屋问的向相关部门咨询优惠政策，很快就全办完了。到中秋节的时候，企业给他送上一个信封，看那厚度不少。年海将刚掏出一半的手按了回去，"我们是有纪律的，咱们互相支持吧！"来人点点头走了。

也不知道咋的了，年海家连续出事。先是媳妇单位解体，下岗回家。为了生计，她只好做些临时工，没干几天腰扭了，确诊为腰间盘突出。从那以后，不但上不了班，连家务活也干不了了。媳妇的病还没钱治，孩子又得了肾小球肾炎。年海面对病老婆、病孩子，他几乎撑不住了。有一些个体户要为他捐钱，有的拿 3 000 元、有的拿 5 000 元，他多么需要钱哪，但纳税人的钱无论如何他也不会要的，一一地婉言谢绝了。

年海不会抽烟，不会喝酒，不会打牌，没去过高档消费场所，想拉拢他都无处下手。有人说他是一个不进盐酱的人。一个企业拿了一沓钱，说是感谢年海对他企业的照顾，年海很严肃地说："你们错了，减免应该感谢国家，我只是按章办事，如果不办是我失职，我只是尽了我应尽的职责。你拿这么多钱，这哪是来感谢我，这不是让我违法，坑我嘛！"那人解释说："别人不知道，只要我不说谁能知道。"年海态度更加严肃了："党员的纪律不知道吗！头上的国徽不知道吗！心中的良心不知道吗！"来人只好将钱收了回去。

年海20多年的收税工作，要求自己要行的直、走的正，不该吃的坚决不吃，不该要的坚决不要，不该去的地方坚决不去。要管住自己的嘴，管住自己的手，管住自己的腿。要踏踏实实做事，清清白白做人。他是这么说的，也是这么做的。

他在税收岗位上，已经耕耘了20多个春秋，多次被市、县评为先进工作者。2006年至2008年连续三年被评为优秀公务员，由于工作特别突出，荣立了个人三等功。

漫漫人生路，无所谓苦，无所谓难，只要肯去攀登，没有爬不上的高峰，没有翻不过的山峦。鲁年海没有想过要辉煌，因此，面对这一串的成绩，他自然不会被冲昏头脑。他心中想的是为国家而奉献，为税徽争光，心中无愧！所有经历的苦辣酸甜都将成为动力，激励他以后更加奋进。所有认识他的人都相信，他一定能尽心尽力，用辛勤的汗水为税徽增添光彩。

税徽在他心中闪耀

以生命和热情铸成自己人生路标的人，他的生命才有价值。

——作者

人们都说奉献者的心是炽热的，可有的人却认为收税人的心是冷冰冰的，他们张口是税、税、税，闭口是收、收、收；是一伙姥姥不亲、舅舅不爱的冷血动物；是一帮"六亲不认"，戴着大盖帽，只会要、要、要，穿着蓝制服，只管罚、罚、罚的无情无义的人。不！不是！如果没有他们，国家拿什么建设，"神七"拿什么上天。正是他们，用辛勤的汗水、泪水、血水，为共和国的经济动脉注入着新鲜的血液，为有中国特色社会主义的明天形成着亿万位数字的坚实的经济支柱！

东丰县税务局管理一科副科长王国旭，自从他穿上税服的那天，就暗暗下了决心，一定不辜负党和人民的期望，为国家多收税、收好税，为肩上的税徽增光添彩。

一、情与法

俗话说，人生在世，孰能无情。但是，当个人利益与党和人民利益发生冲突的时候，当国家法纪与亲情出现矛盾的时候，一个国家公务员，人民的税务工作者，党的纪律、人民的利益、个人的修养和理智告诉他，他只能、必须选择党和人民一边，他们别无选择，这是对税务工作者的考验。王国旭就经受住了考验，向党和人民交了一份合格的答卷。

2008年5月，地税对全县门市房出租进行征税。王国旭的姑姑在商业街有一门市房对外出租，找到他说："国旭，你在税务部门，得照顾照顾啊，你姑没有工作，没有劳保，生活就靠这房子了，家里有病的有病、下岗的下岗、读书的读书，我没啥来钱道，收的多我承受不了啊！姑姑从未求过你啥，这次你照量着办吧。"王国旭为难了，俗话说：姑舅亲，辈辈亲，打断骨头连着筋。她是父亲唯一的妹妹，平时关系非常好，前几年，还帮助他照看过小孩，按常理说这个人情是要还的。但是，不能拿国家利益还个人人情，一向注重感情的他只好抱歉地说："姑姑，这个忙我不能帮，侄子是税务干部，多少双眼睛看着咱们，如果因咱们是亲戚不收税，那我还有什么脸收别人的税，你生活有困难我不会袖手旁观的。你能原谅我、理解我，还得支持我。"姑姑当时没说什么就走了。过了不久，管她户的税管员见到王国旭说："你姑姑老太太挺开通的，亲自到办税大厅去交税。"

有位住了几十年的老邻居，在自家房里开了个小饭店。多次找国旭去吃饭，他都没去。一天他找到国旭说，饭店效益不好，定每月168元的税太高了，能不能减点。国旭听到反映就和他的同事去典调，足足蹲了4天，来一笔记一笔，结果是每天毛收入800多元，重新进行了税额核定为252元。在事实面前只好交了。从那以后，每次遇见头一转就过去了。有时还用眼睛白愣一下。后来国家对下岗人员给了免税3年的优惠政策。国旭亲自找到邻居，告诉他这一消息，并帮助他办了手续。邻居见他还是这样热情，很是过意不去，一再表示歉意。国旭还是耐心地解释："都知道咱俩家住的近、关系不错，这一排小饭店都看着你怎么定，该交的不能少，该免的你不找我、我找你。"俩人不约而同地笑了。国旭看得出来，他的邻居笑得是那么的不自然。

他的父亲在县铁合金厂工作，效益越来越不好。为了生活，决定在自家开个小修理部。不知道能不能挣钱，想干一段再去办登记手续，国旭催了几次，父亲都没去。他只好拿钱替父亲办了手续。按规定给修理部每月定了50元税额。父亲说："修理部在你管辖区内，交不交还不是你说了算。"国旭耐心地告诉父亲："都知道你是我爹，都看你交不交，从小你总是教育我们好好学习，长大了做个对国家有用的人，我是给国家收税，你得支持你儿子的工作才是。"父亲只好同意交税。但一些个体户背地里在嘀咕："他交税，谁看见了？交不交你知道啊！"为了解决大家的疑虑，国旭买了块大玻璃，放在修理部的桌子上，每月的税票粘在上面。这么些年，生意好时父亲就自己交税，生意不好国旭就替父亲交，一个月也没漏过。

一年，县里决定对镇内门市房的租金收税，进行了两个月，有些户就是死活不交。局里决定对没交的采取强制执行措施。全局干部都参加了，王国旭见分的名单里有表妹的名字。他知道表妹有个门市房租给了别人开了个文化用品商店，但不知道表妹没交税。表妹见表哥来了，如见救星，将表哥拉到一边，低声问："商店才开业两个月，租金还没收上来，能不能从下月开始交税？""不能。""税我交，罚款可不可以不罚？""不可以。"听了表哥的回答，表妹的脸都变了色，只好全额补交了税款和罚款。

国旭回到家，见母亲阴沉着脸，知道一定是表妹来告状了。一边向母亲解释，一边带上媳妇，买上水果，去姨家做解释工作。

有的人背后说他是榆木疙瘩脑袋死不开窍，有的人说他不懂人情事理、六亲不认。国旭说："我是个重感情的人，亲情、友情我很珍惜，可咱不能拿原则做交易，不能慷国家之慨去满足自己的私情。做税收工作的就得为税收着想，维护税务干部形象靠大家、靠自觉，要从每个人做起，从一点一滴做起。"

二、忠与孝

自古就有忠孝不能两全的说法。在王国旭眼里，个人的事再大也是小事，国家的事再小也是大事。

2008年末，正赶上税收大会战，为了完成税收任务，他和同事已经连续工作了十几个日日夜夜。这时，国旭的岳父突然脑出血住进了医院。妻子只有兄妹两人，哥哥在外地工作，老人身边只有他们夫妻俩。他只好雇了个保姆白天护理，晚上国旭护理，妻子照看两个家和孩子，负责做饭送饭。国旭白天上白班，晚上值夜班，困的厉害坐在凳子上睡一会儿。妻子心疼丈夫，安排好孩子，就来替一会儿丈夫。就这样，在岳父住院期间，王国旭没请一天假，没耽误一天工作。一个来月下来，人瘦了十几斤。但他看到一笔笔的税款在他们的辛勤工作下，按时、如数地缴入国库时，一身的疲劳都跑到了九霄云外。

2001年的一天，他带几个同事去个偏远的企业搞税检。刚投入工作，国旭的手机响了，父亲告诉他母亲得了脑血栓，正在医院抢救。国旭一听傻了，他是父母唯一的儿子，按照常理应立即赶回去。看见大家都在紧张工作，话到嘴边又咽了回去。刀绞的心使眼泪掉了下来，他急忙用手捂住了脸，装作打个哈欠。同志还跟他开玩笑，看你这哈欠打掌的，像犯大烟瘾似的。国旭也勉强一笑，这笑的痛苦滋味，只有他自己知道。他一直到工作结束，才匆匆跑到医院，扑通一声跪到母亲的病床前，如果母亲能骂他几句，也许他能好受些。这时母亲已经脱离危险，见到儿子，眼泪不由自主地从眼角大滴大滴流了下来，国旭也哭了。母亲还吐字不太清，一个字一个字地说："快起来，妈不怪你，你也太小瞧你妈了，我也是税务干部。我知道咱那活忙起来不容劲，你这么干，妈高兴。"

一天，国旭的父亲同他商量："听说谁家将税免了，谁家将税减了，你干这活没借着什么光，能不能找领导说说，给咱也免了？"国旭见父亲那样的劳累，不好当面拒绝，只好说领导不在。再一问，又说这一段太忙，没倒出工夫找领导。父亲一见面就问，国旭就一个字——拖。时间一长，父亲看明白了，你这是没打算办哪，就急了，自己要去找领导。他拉住父亲，倒出了心里话："减和免国家是有规定的，人家减也好，免也罢，他们符合条件，咱跟人家不一样。我去问领导，领导要是反问我，文件不是有规定吗？你还不知道你符合哪一条吗？我怎么回答。知道不行还去找领导，领导怎么看咱，从小你就教育我，好好学习，考上大学，做一个对国家有用的人，也给爸妈争争脸。我一步一步都按你们的要求办的，虽然儿子无能，没给二老争多大的脸，可也没给你们脸上抹黑呀！你们让我诚实待人认真工作。这些年的工作我没偷一点懒，领导对我很信任，同事、业户对咱评价都不低，我是咱辽源十大标兵之一，这就要求我，必须当好税务系统的人样子。咱自己家的事我都处理不明白，我怎么好意思腆着脸去说别人。别人不理解我，我能理解他。你不理解我，我真不好理解您了。别人不支持我，我不理睬，我会一如既往地做好工作，你不支持我，我就没法干了，你是我爹，多少双眼睛都盯着呢！我只能辞职跟你开修理部了。我就是开修理部，要多少税我交多少，我知道我那些同事们不容易。"父亲不再说什么了，国旭也换了口气："爸，儿子理解你，想就身体好，挣足过河钱。将来不拖累我。您放心，儿子有能力养你的老。"父亲低着头，笑呵呵地走了。

三、廉与勤

"税务干部是人民的公仆，在任何时候，都应当表现出高尚、廉洁、正直、坦诚的品质"，这是王国旭说过的一句话。他无论是当专管员还是当管理一科副科长，从未利用职权之便办一件违规的事情，也从未给任何亲朋好友在纳税问题上说过情。

2008年7月，某企业被查出偷漏税2万元。这个企业的法人代表找到王国旭的一个亲属为其求情。亲属对王国旭说："这个企业的法人是我上司的儿子，企业效益不好，看在我的面子上，你关照关照他吧！"王国旭当场拒绝，并耐心地做解释，告诉他偷税漏税是违犯了国法的，你这不是帮他，是坑他、将他推向犯罪。你帮他也是犯法。朋友也好，亲属也好，有的事可帮，有的事不能帮，你帮了他反倒害了他。咱们都受牵连。朋友要将朋友带进沼泽地，眼看见走上窟窿桥也不提醒一下，那还有什么亲情友情，那他不成了坏人。亲属一再表示，我不懂就是来打听打听。这个老板还不死心，不知从哪儿找到了国旭家的电话，三番五次往家里打电话，要来"意思意思"，国旭都好言相劝，婉言谢绝。一天，那位老板说："我已到了你家楼下。"国旭告诉他："你来可以，但必须先等一会儿，待我向纪检委报告后，你们一块来，直接将钱物交给他们。"老板听他这么一说，只好走了。第二天，这个企业如数交了税款。

2002年，一次到镇郊去催税，一位七十多岁的老人开了个小副食店，从兜里拿出一卷钱说："我早就准备出来了，这几天有点感冒，我没去交。"从老人手里接过那还带着体温的钱，国旭说谢谢您老人家。以后每月的这天国旭都来取钱，交了款再将票子送来，不管严冬还是盛夏，从来没间断过。到了快过年那月，国旭又去送票子，老大爷见国旭满身是雪，脸上挂着霜，嘴里不住地说："谢谢你，孩子。"说着从柜里拿出一筐鸡蛋，说："这是自家养的鸡下的，我们没舍得吃，你拿回去过年吃吧！"国旭一边表示感谢，一边将筐放回了原处。老人家执意要送，国旭耐心地说："您的心意我领了，东西我不能收，您理解我们，支持我们工作，这比吃了什么心里都舒坦。"

国家对下岗再就业实行了一些优惠政策。有几个业户没来办手续。国旭发现没来的都是有困难的，有的腿脚不好、走路不便，有的有病，有的是生意放不下、离不开。国旭就挨户走访，拿着表到家里去填、一户一户地帮着办，办完了再一户一户地送去。一位个体户很感激，送给他两条烟，国旭婉言谢绝，说："优惠政策是国家下的，你应感谢国家。我年轻，跑点腿是应该的。"

从事税收工作12年来，经常面对的是税收工作中情与法的冲突，权与钱的碰撞，偷税与反偷税的较量。他磨砺了意志，陶冶了情操，深深地爱上了税收工作。国旭说，有时不得不承认，干税务工作不被人理解，不讨人喜欢，还经常得罪人，但一想到为国家聚财，那些就显得太渺小了。他多次表示要为税清廉、严格自律、堂堂正正做税官、认认真真收好税，坚持服务为荣、勤政为根，廉洁为本。先后被县地税局评为业务能手、优秀公务员、助廉标兵、辽源市地税系统"十佳助廉公仆"。他用自己的辛勤和汗水，为头上那枚税徽增光添彩。

背靠大树不乘凉

是不是苦中酿蜜才更有意义？是不是由铁到钢的锻造过程才蕴含价值？也许他山的绿叶带不来真正的荫凉，只有挑战自我的生命才光芒璀璨！

——题记

在辽源的地税队伍里，很多干部都来自农村，或者来自平凡的工人家庭，对当年贫穷窘迫的生活都有着深深的记忆。但也有出身于富裕家庭的干部，在欢乐、幸福的环境中度过了自己的童年、少年时代，刘瑞春就是其中之一。

他的记忆里没有贫穷的影子，他的生活中没有艰难的往事，拥有的是富裕的家庭、优越的条件、骄傲的爸爸。人们常说"学好数理化，不如有个好爸爸"。但是，刘瑞春却不想躺在父亲的肩头，借助父亲的力量去改变自己一生，不想躺在滋润的温室里，过无忧无虑的生活。他是个有志青年，一心想用自己的脚步，去丈量每一片坚实的土地，一心想靠自己的臂膀，在暴风雨中去翱翔广阔的蓝天。

1965年，刘瑞春出生于东丰县城。母亲在县印刷厂上班，父亲最早的职业是教师，教中学语文，当年父亲字正腔圆、充满磁性朗读课本的声音，让学生们听得如醉如痴。因这一特长，被县广播站调去做了广播员工作，1973年响应上级号召，到猴石公社插队落户，领导没有安排他干具体农活，一直在公社当一名干部。1976年，插队锻炼结束，父亲被调到了县气象局工作，一段时间后，又回到广播站，被任命为站长。1986年，因为父亲的工作出色，被调到了县民政局，任副局长，这对父亲来说，是组织对他的重用，是人生的再度成功。这时姐姐已经上班，在县广播局工作，刘瑞春的爷爷又是税务局的股长，应该说，这样家庭的条件在东丰县这个小城来说也是上流的。

1981年，刘瑞春中学毕业了。一天晚上，父子俩探讨了他以后的打算。"小春，你中学毕业了，有什么想法啊？我通过朋友安排你去个好单位，交通、文化、教育你可以自己选择，不知道你是怎么想的？""老爸，你说的地方我都不想去，不用你费心，我自己早就想好了，我爷爷是收税的，我也想像爷爷一样，去做个收税人！"

刘瑞春的父亲，在东丰县朋友多，交际比较广，是人财物集于一身的实权派，要想为他唯一的儿子在哪个部门谋个职业还是不成问题的。但刘瑞春不想依偎于父亲的羽翼下，不想靠在父亲的这棵大树下乘凉，他坚定自己的理想，做自己想做的事。

在这一时期，刘瑞春的父亲也给儿子联系了几个单位，按理说，都是非常好的，但刘瑞春就是坚定自己的想法不动摇。天遂人愿，恰好东丰县税务局正在招收助征员，虽然不是正式干部，但他也火急火燎地报了名，经税务机关考察，他被录取了。虽然没去有编制的好单位，但他无怨无悔，自己心中想，只要我有能力，总会干出一番事业。

当税务局的助征员，对刘瑞春来说，是人生的大转折，也是走向成功的第一步，税务局为他提供了实现人生价值的舞台。每天清晨，他都欢天喜地、豪情满怀地到税务局上班，在股长的领导下，开始到市场收税。他当时是助征员，也就不能着装，有的纳税人不认识他，就不交税。这使他每天都要费不少口舌，跑不少冤枉路，甚至遭受过纳税人的辱骂。在市场收税，风吹日晒、尘土飞扬，一天下来总是身心疲惫。母亲很心疼地对他说："儿子，你还是继续念书吧，要不让爸爸给你换个好地方吧，助征员的工作太辛苦了，你不要干了。"刘瑞春回答到："老妈，我自己的事，自己做主，你可别操心了！"

助征员的工作一干就是一年，在这一年里，他每天跟在纳税人身后要小钱，尝尽了收税的艰难，但他却无怨无悔，从来不对家人诉苦。他不想让家里人为自己操心，只想通过自我奋斗，用辛勤的汗水去书写壮丽的人生。

命运总是眷顾有准备的人，一年后，机会来临了。1982年5月，东丰县税务局准备通过考试，正式招收税务干部。他报名参加了，当时东丰全县参加考试的是45人，只录取8名，非常幸运的是他被录取了，实现了由蛹到蝶的羽化。他兴奋得一宿没有睡着觉，父母也为孩子高兴，从此更理解了这个倔强的儿子。

刘瑞春被分配到东丰镇税务所，在个体股，管理市场的税收工作。市场税收的特点一是税额零散，一元两元甚至几角钱都是正常的；二是业户的经营品种繁杂，包罗万象、应有尽有，税额很难核定；三是特别辛苦，有时几角钱的税款，就得跑好几趟，费尽不少口舌，甚至一、两次都收不上来时，得跑三次、四次。而且，蹲市场的人，经营地点和场所不固定，今天在这里，明天说不上到哪里去了，一旦漏下一份税款，就很难再收上来了。这样的工作，他干了整整一年。

1983年底，他开始管个体。当时个体与市场的概念是不一样的，市场是没有固定摊位的经营者，而个体往往是指有门市的经营者。市场税收实行定额管理，需要的是辛苦和勤快，工作方式简单、直接。管理个体就不一样了，涉及的税种多，纳税人还经常提出税收政策上的问题，由于自己没有上过专业学校，很多问题，他解答得很吃力，感到自己的知识不够用，感到工作难度很大。为了尽快地适应工作，他在请教老同志的同时，找来书刊资料，阅读相关书籍反复学习，也曾经向分局领导建议，能不能以后找机会出去学习深造一下。

幸运之神再一次降临。1985年，为了提高干部素质，税务局决定有计划地选派一批干部脱产学习，刘瑞春报了名，成为学员之一。他们来到了四平财会中等专科学校，学习的是财会专业。

刘瑞春十分珍惜这次难得的学习机会，他知道两年时间转瞬即过，必须充分利用一切机会刻苦学习。课堂上他认真听课，努力补上了自己财会知识的空白。两年时间里，他几乎没有休息过星期天，利用一切可利用的时间消化老师课堂讲的、阅读课本上记载的、查阅资料里表述的，经常熬上半宿。

时间过得很快，1987年他们这一批学员毕业了。经过两年的专业知识培训，他感到自己充足了电，领导也感觉到他的素质有了明显的提高，就让他当企业专管员，管集体和国营企业。一般来讲，能管企业的税务人员，必须业务好，因为企业的财务人员业务都是很精通的，你要是算账不如人家，就很难让企业心服口服，你的工作也无法开展，企业即使偷税漏税你也发现不了。

两年的学习使他积累了一定的财务知识，企业税收他管理得非常到位，所管户的企业没有偷漏税的行为，而且欠税也鲜有发生。由于人勤快、业务好，领导把主要企业的税收管理都交给了他，从城南城北到城东城西，县里的企业他管了一大半。

1994年国家分税制改革，国地税分家，成立了地税局。刘瑞春被分配到了地税，29岁的他，风华正茂、年富力强，基于他的工作经验和业务素质，被提升为东丰地税局二分局的副局长，主要是管理集体企业。他充分运用自己学到的知识，强化征管、组织收入，各项工作开展得有声有色。到了1996年，他已经是全局公认的业务尖子。领导根据他的业绩，安排他到三分局当局长，在职务上又一次实现升迁。三分局主要是管理个体户，工作难度也是比较大的。他没有辜负组织的信任和期望，带领分局全体同志，克服重重困难，连续四年超额完成税收任务。

2000年4月，东丰县局实行机构调整，镇内3个分局合并在一起，成立了直属分局，分局局长的任命实行竞聘上岗。当时有能力、有资历、符合条件的人很多，竞争十分激烈。他确实感到有压力，自己觉得心里没底，但投票结果出来后，刘瑞春票数最高，当上了直属分局局长。

2002年4月，全省地税系统人事制度改革，领导班子实行竞聘上岗。东丰县地税局原来班子4人，一把手不参与竞聘，3个副职都需重新竞聘，而且省地税局规定，县区局必须有新的面孔参与，身边的同志们也都建议他参与竞聘。刘瑞春是一个积极向上的人，经过反复的思考，他想抓住这一机遇，挑战一下自我，于是报名参与了县局副局长职务的竞聘。

回忆当时的日子里，刘瑞春至今记忆犹新。他说："那段时间我一直忐忑不安，报名竞争县局副局长的人选就我一个，如果我上来，原来领导班子成员就会有一个下去，把别人挤下去，自己心里不安宁，会受到情感的谴责。如果我竞聘不上，别人会不会说我自不量力不知深浅？"所以，当时的心情非常矛盾。

经过激烈的竞争，刘瑞春走上了副局长的领导岗位，靠自己的努力，在人生的道路上又获得一次成功。

有人问他，为什么数次参与竞争总会取得成功？他说："自己之所以能在竞聘中获胜，主要是工作时间长了，了解点业务，更主要的是领导和群众帮助的结果。"

我以为，刘瑞春的表述是谦虚的，他的税收业务很棒，而且善于调查研究，熟知税收政策，基层分局长的经历让他积累了丰富的领导经验。更主要的是他坦诚待人、热情善良，不管同志谁有困难，他都放在心上，同志们的事，就是自己的事。他常说："岁月茫茫光阴无限，而人生不过几十年，有啥过不去的？何必计较小事呢？"即使有一些小过节，他总是哈哈一笑，不往心里放，发生冲突时，他能主动与别人和解，化解矛盾纠纷。

刘瑞春当上副局长之后，由于他税收业务好，基层征收工作经验丰富，领导班子决定让他唱重头戏——主抓收入和征管。38岁的他，感到了肩上担子的沉重。不管工作时间还是在业余时间，他头脑中的弦总是绷得紧紧的。上级领导的重视，班子集体的支持，全局干部的信任，反倒让他紧张起来，总是担心自己干不好，对不起领导和同志们。于是，他抓紧利用一切时间，学习税务理论、钻研业务并深入实践调查研究，竭尽心智地开展税收工作。

他克服困难，不负众望，经过不懈地努力，取得了优异的成绩，完成了领导交办的各项工作任务。几年的时间里，东丰县的地方收入连年增长，连续4年实现超收，最高的一年是2008年，税收收入实现了超亿元。为了高标准开展征管工作，刘瑞春提出了"重点税源专人管、一般税源分片管、零散税源委托管的办法"，使农贸市场和夜间烧烤店的税收管理逐步纳入轨道，这样做的结果是既清除了个体税源的盲点，又降低了漏征漏管率，得到了省、市局的充分认可。东丰县地税局连续三年荣获县政府授予的集体三等功，为地方经济的持续发展提供了强有力的财力保障。这些成绩的取得是班子成员共同努力的结果，也是全体干部共同奋斗的收获，但这背后更凝结着刘瑞春无数的汗水和心血。

辛勤的付出，得到了丰厚的回报，荣誉的花环不断地飞向了他。先后被评为省局优秀税务工作者、辽源市十大杰出青年、辽源市劳动模范、多次获得市级优秀公务员、县级优秀公务员称号。

古语说："忠孝不能两全"，这一点在刘瑞春身上体现得非常明显。由于工作忙，一心扑在事业上，很他无法到父母膝下尽孝。母亲有严重的颈椎病，平时疼痛不已，刘瑞春工作忙很少去看母亲。老人做颈椎病手术时，正是地税局半年税收的紧要关头，为了提前完成收入任务，他双休日也不休息，起早贪黑忙着调度税收进度情况，协调相关事宜，没有看一眼病中的母亲。他不但对老人尽不了孝，就是对子女也尽不到责任。儿子上中学二年级时，也是刘瑞春工作最忙的时候，学校召开的家长会他参加不上，孩子学习成绩下降他顾不上，忽视了孩子的教育。至今回忆起这些事儿来，他总是流露出对母亲、对孩子深深的愧疚。

　　刘瑞春是土生土长的东丰人，老师、长辈、同学、邻居、亲戚非常多，经常有人找到他，为这个说事，为那个求情。他理解这些人，谁没有个亲戚朋友的？但在具体事情上，刘瑞春尽量不开口子。他说："在税务这些年认识我的人很多，我要是稍稍开点口子，那工作就没法干了。"当然符合政策的，他还是积极帮忙的，有时也亲自跟着跑，毕竟人是有感情的呀！

　　至于吃请，他是这样理解的，"有利于工作的饭，吃！不利于工作的饭，坚决不吃！谁也不能脱离人间烟火，不把能吃喝问题绝对化。"比如，年底税收任务紧张时，他经常和县领导到一些大型企业进行协调税款，企业法人代表开玩笑地说："刘局长你若是把酒喝透，我税一分不少全给你交上。"在这种情况下，他不得不端起酒杯，但很少喝得酩酊大醉。

　　当今社会，利用职务权力或岗位便利进行经商的大有人在，经常有人给刘瑞春出点子，让他开个歌厅，或者搞个浴池，既能有经济收入，又不涉及贪污受贿，不管是纪检委还是检察院都找不到咱，多好的事啊！但刘瑞春不但自己不干，甚至不愿意让家里人做生意，以免给别人留下口实。

　　姐姐在广播局上班，想承包单位的饭店，刘瑞春坚决不同意。"姐！你不要包这个饭店，不论经营得好不好，别人都会认为是我给你支撑着，我不想担这个嫌疑。"姐姐身边的人，鼓动姐姐说，这个饭店你就包下吧，你有个税务局长弟弟这棵大树，不用担心乘不到凉。姐姐说：

"唉！我这个弟弟呀，不靠父母这棵大树乘凉，也不让我们靠他这棵大树乘凉！"

这就是刘瑞春，当他是小草时，努力朝向阳光，探寻自己的天空，不借社会的光，不乘家族的凉；当他是大树的时候，也不想自私地把阴凉留给家人，却执意地、执著地，把爱心回报给他钟爱的地税事业！

税苑花开馨香远

如果心灵选择了阳光，人生就远离了黑暗。如果岁月里写满了进取，脚步就不会蹒跚。

——题记

王子萍祖籍河南，父辈兄弟三人，伯父年轻时从军在东北，转业后回到地方，安置在了辽源。年轻的父亲忍受不了河南家乡的贫穷，偷偷地来找哥哥，也就在辽源落了脚。

1969年，赶上城市职工下乡的潮流，王子萍父母兄妹6口人，来到了东辽县渭津镇小梁二队，那一年，她4岁。农村生活艰苦、贫困，使王子萍的童年记忆里，多了许多苦涩，正是有了这一难忘的记忆，使她"穷人孩子早当家"，过早地成熟，从小就立志，长大后一定做个成功的人。

乡下的生活结束后，全家回到了城里。父亲先后在胶合板厂、重型厂、建筑公司工作，一直从事着会计工作，与报表、数字打着交道。母亲在旅社上班，当勤杂工人。

王子萍从小就非常自立，从不让大人操心，这与她刚强的性格有关，更与她的家庭环境有关。父亲的工作很辛苦，经常起早贪黑，节假日星期日很少休息，没有时间陪孩子。母亲单位的勤杂工作又苦又累，而且她患有严重的风湿病，犯病时就连做饭都得咬牙坚持，有时要拄着烧火铲才能站直。所以，这个家庭的孩子必须自强自立。

王子萍上小学就自己走，从不让父母接送。一次放学回家，被拦路抢劫，仅有的5角钱被抢走，懂事的王子萍怕父母担心，回家没有说。小学三年级时，有一次得了感冒，自己到医院看病，身边跟着6岁的妹妹。医院护士给她作试敏，由于药物过敏，她突然晕倒，人事不省，吓得妹妹哇哇大哭。医护人员赶紧跑过来，抱起抢救。事后她就像没事一样，牵着妹妹的手回家了，父母多年以后才听小女儿说起此事。

她小学期间学习非常好，执著、认真，自己有着明确的目标，要好好学习，要有出息，做个成功的人。初中时，她学习也很优秀，加入了共青团，担任团支部书记，因为她品学兼优，老师特别喜欢她。1982年她参加了中考，考进了重点高中——辽源五中。

进入高中，突然感到学习任务加重了，在小学、初中时，王子萍一直是班级的尖子生，一直是老师与同学关注的对象，到了五中突然感觉自己一下子没名了，身上的光环也没有了。虽然有点失落，但并没有因此受到影响，她更加刻苦学习，立志考上大学。

三载寒窗，面壁苦读，1985年，她参加了高考，不幸考前感冒高烧，挂着静点走进考场。由于病痛干扰，无法充分发挥，她只考了440分，被吉林省财税专科学校税务专业录取。王子萍觉得不理想，接到录取通知书后，她不准备去报到，想重新补习，来年再考。父母和老师坚决不同意她补习，他们对这一结果比较满意，让她赶紧去上学。老师认为，这个成绩已经不错了，不要再复习了。爸爸妈妈也劝她："这个学校不错，万一你补习一年考不好怎办？不仅浪费了时间，对你自己也会是一个打击。"父亲还特意领她来到了财专，让她亲自浏览一下校园，王子萍感觉学校环境还不错，另外，家里的经济不好，这也让她无法再重读，于是，就决定上财税专科了。

财税专科学制三年，她读的是税务专业。走进大学的校门，突然觉得学习变轻松了，感到身上压力小了许多，但是王子萍还是珍惜一切机会努力学习，这为她以后走向工作岗位打下了坚实的基础。

1988年她大专毕业，被分配到了辽源市税务局直属分局。头顶鲜艳的国徽，身穿藏蓝色税装，她感到很体面。自己常想，多亏自己听了父母和老师的话，如果再复习一年，考别的学校，也许还不如今天呢！不管咋说，能成为一名税务人，让她感到非常幸福。

到直属分局后，她被分到了检查科，科长的业务非常好，王子萍从她身上学到了许多税收知识。那时直属分局实行"老兵带新兵"，王子萍学习实践一段时间后，就已经能独立工作，科长就安排她管商业户。

工作中，王子萍感觉到，光有书本的知识还远远不够，书本知识侧重理论性，还需要在工作中做好与实践的结合，很多时候，往往经验更显得重要。当时王子萍管商业系统，都是当时有名的大商场、大批发公司等单位。对于一个刚出校门的小孩子，企业往往不太重视。她去企业查账，会计就说："你查吧，我们不偷漏税。"简单看了看企业账，没发现问题，她就开始琢磨，哪些环节会出现问题呢？她想到了企业经营业务的源头，提出要到柜台班组去，直接检查业务核算组。在几天的时间了里，她调阅了无数资料，记录了很多问题。对于有疑问的或者自己拿不准的情况，她就记录下来不下结论，晚上回去看书查资料再进行定性。一个企业往往有几个批发部，十多个营业柜组，成千上万张单据，她认真核对、逐个审核，用了好几个星期时间，查出了企业的漏税问题。

在检查科的两年时间里，王子萍工作充满热情，执法认真，甚至认真到有些天真。总是认为"税法是神圣的，不管谁讲情，我都不应该给面子"。一次，到某旅社去查账，恰好妈妈就是那个单位的职工。人家找到妈妈："告诉你女儿，看一眼就得了，那么认真干啥？"妈妈找到了女儿进行劝说，遭到了女儿的拒绝。"妈，你也不是领导，管这事干什么？你不要干扰我，我要是不负责任，就对不起国家的培养，对不起领导的信任。如果因徇私枉法而失去工作，我们值得吗？"母亲只好默默地走了。这个单位看软的不行，就来硬的，王子萍在哪里查账，人家就到哪里打扫卫生，一个大笤帚，从棚顶、墙壁扫到地面，室内灰尘弥漫，呛得王子萍直咳嗽。但她不怕干扰，坚持检查，根据掌握的材料，到银行将该旅社应缴税款全部扣缴。旅社马上找到税务分局，要求把所扣税款退回。在分局领导面前，王子萍硬是坚持原则，就是不退，这就是她的个性——认真、倔强。

两年后，王子萍被调到综合科，具体负责记收入台账。这期间，她收获了爱情，组建了家庭。工作虽然相对安定了下来，但争强好胜的性格还是没有改变，工作总是主动赶在前面。两年中，虽然不下去管户了，但综合、记账的业务却使她养成了严谨、细腻、规范、条理化的工作作风。

后期工作调整，她被调到征收科，管理着56个纳税业户，集征收、管理、检查为一身。征收科的工作非常忙碌，尤其年底增值税汇算，总是赶上春节左右，但她却从未耽误工作。当时家住煤机厂，每天骑着自行车到南环税务局上班，往返二十多里路，风雨不歇、冬夏无阻。她的信条就是"宁愿身受苦，不让脸受热"，从没有迟到早退过。她白天在单位忙碌一天，晚上回家还要做家务，有时爱人回来得比较晚，她就把孩子背在后背上做饭。收拾好碗筷，哄睡孩子，她开始学习，不断地给自己充电。

孩子刚刚满月时，刚强的王子萍就开始下地干活，一下子洗完了一大盆衣服，冰冷的水刺伤了她的手，让她做下了病根。只要天一凉，或者沾点冷水，双手就苍白浮肿、疼痛不已，没有一丝血色。偏方正方找了无数，中药西药吃了许多，走南闯北看了很多医院，但都治不了，有的医院告诉他，如果控制不好，病情恶化是要截肢的。王子萍心里很痛苦，浓浓的阴影挥之不去。没有别的办法，只好注意保养，天一凉，早早就带上母亲给她特意制作的手闷子，里面放上治病的药，就是这样地坚持工作着。

1994年国地税分家，王子萍分到了地税直属分局征收二科。当时她管理着120个纳税户，由于地税刚刚成立，基础资料非常少，她就跑国税局查档案，到工商局看营业执照，深入一线、走南跑北，进行全方位的税源普查，掌握了税收工作的一手资料。她起早贪黑地、顶风冒雪，简直像疯了一样工作，全年税收计划超额完成，受到了领导和同志们的赞扬，受到了局里的表彰。

1996年，辽源地税局为了加强个体税收征管，成立了城区分局，王子萍被调到了城区分局。一年后，她被提拔为第一税务所副所长，管理南从十九中学、北到县医院、东从百货大楼、西到永安桥的1 000余户纳税人。工作量大，收入任务重，每天都要下去进行调查并催缴税款，只用一个月的时间就把纳税户彻底地走了一遍。早晨必须起大早，是为了收早市的税款，中午顾不上吃饭，要到饭店酒店收税，因为平时找不到老板。晚上要到歌厅、咖啡厅调查纳税人经营情况，并进行税款的征收。业户分布面广，而且税额也零散，收税时3元5元的情况很是常见，还经常面临着威胁。有一次，她和同志张海丹被一纳税人堵到胡同里不让走，进行威胁恐吓，费了很大劲才跑了出来。回来见到局长，泪水夺眶而出，分局领导上报有关部门依法严肃处理了这个纳税人。

有一段时间，王子萍分管东方第一城的税收。政府为了招商引资，优化经济发展软环境，成立了由工商、公安、防疫、地税、文化等部门组成的综合办公室，而且规定对业户不得轻易采取强制措施。但王子萍知道，泡脚屋除了一张床也没有什么可以扣押的东西。既然不让采取强制措施，对不交税款的业户，她就采取另外的办法。于是，泡脚屋的门口，人们就经常看见王子萍和同志们身影，"你不交税，我就在你的门口晃悠。"老板怕影响生意，没办法只好把税交了，有时把税收完，已经是半夜了。她回忆说，那段时光很苦、也很累，但却是最快乐的、最幸福的，因为在这片天空下，她充分展示了自己的才干，实现了自己的价值。

2000年机构改革，城区分局解体，王子萍被分配到龙山分局五科，管理龙山区的国有和集体企业。她所管的纳税人主要的是建筑开发以及金融企业，都是一些比较棘手的大户。管理这样的企业她靠两手：一是较强的业务能力，不懂业务不会赢得企业的尊敬，多年的工作经验和业务积累让她工作游刃有余；二是靠勤奋，科长把管户名单给他拿来后，她马上开始走访、了解、检查，迅速摸清了所管企业的全部情况。有一次企业来申报，那上面的数字都没有王子萍掌握的全面，企业的会计非常佩服王子萍。在科里她还管着内务，日常数字报表都是她来作，她成了科里的业务骨干。

2002年地税局实行竞聘上岗，她凭着熟练的业务和多年的工作经验，聘上了分局中层干部，并交流到直属分局,先后担任了检查科科长、管理五科科长的职务。检查科的工作她已经干了很多年,应该说轻车熟路,不觉得艰难。管理五科主要负责房地产开发、金融保险和建筑安装等大型企业地税征收工作,都是业务繁杂、不好管理的单位。她以强烈的责任心,对所管的业户进行梳理,掌握了企业的全部纳税情况,工作开展得很出色。

2008年王子萍被调到征管科任科长,不用到基层纳税人那里跑了,似乎轻松一些,但她反倒感觉压力加重了,突然觉得自己知识不够用了。征管科要求业务比较全面,因为征管好坏往往决定着税收的好坏,不管政策的解释还是问题的处理,都责任重大。所以她潜心研究、认真学习、反复探讨,不断丰富完善自己的业务知识,迎接着一个又一个的挑战。

王子萍对人生有很多感悟,对索取、付出都有着自己的理解与诠释。她说:"不管别人怎样看,我只想努力奉献,努力把自己的绵薄之力,献给地税事业。哪怕是一朵小花,也要把馨香留在税苑!"

为税乡村著华年

光阴荏苒，日月穿梭，孩童变成老翁，黑发变成白发，唯一不变的，是那眷顾难舍的乡亲，是那刻骨铭心的乡情，是那愈久愈浓的乡恋。

——题记

陈东坤，高高的个子、黑瘦的脸膛，东北乡村人特有的憨厚写在脸上。他出生在东辽县宴平乡，在这块土地上，演绎着平凡的人生岁月。直到今天，他一步也没离开宴平这片热土，一直也没有放下收税为国、聚财为民的重任。

情系宴平

陈东坤的祖籍是山东省，曾祖父逃荒来到东北，在吉林省东辽县宴平乡停下了谋生的脚步。陈东坤听父亲说，曾祖父到这里时，只有一个破箱子，一副扁担一个筐，就是全部家当。开了一片荒地，支起了一个马架子，家就这样安顿了下来。当时这里还是很荒凉贫穷的，而当地人却对这个新来的邻居非常友好，送来了玉米、南瓜、青菜等食物，给这个劳累而饥饿的家庭带来了温暖。老人晚年还经常对子女说，咱可不要忘恩，不要忘记这里的乡里乡亲哪！

1963年，陈东坤出生，在宴平乡他度过了幸福的童年和少年时光。家乡那丰腴的土地，刮过原野上的熏风，满目的庄稼、遍地的山花都成了他挥之不去的记忆。他在这里念完了小学，念完了初中，直至高中毕业。当时父亲在乡里做教育助理，工作责任心强、严谨认真。母亲是普通的家庭妇女，操持着家务，她性格开朗，和邻里的关系非常融洽。陈东坤兄弟姐妹6人，一个姐姐，两个哥哥两个弟弟。家里人口比较多，收入来源却非常少，乡里给的土地很少，收点粮食难以补充生活，大部分的经济来源是靠父亲的工资，生活一直拮据。陈东坤十分懂事，17岁那年他高中毕业，看到家里的经济条件不好，也无法继续供他读书，于是，放弃了考大学的念头。他只想找一份工作，尽早上班挣钱，替父母分忧解难。

当时，父亲的朋友提供一个信息，说乡里的小学需要一个代课老师，不妨让陈东坤去试试，大家说陈东坤被录取的可能性很大，因为他刚刚离开校门，所学的东西还没有丢失。陈东坤乐颠颠去应试了，果然未出所料，他被学校录用了，教小学二年级。有工作了，他很知足，也很高兴，非常喜欢自己的职业。更让他安心工作的，是这里有着太多的熟人，亲戚、朋友、同学、邻居还有小时候的伙伴。直到今天，他也经常说："自己和宴平好像有某种缘分，不愿意离开那里到别处工作。"

转行财政

来到小学教书，让陈东坤走入一个新的天地。校园、教师、课桌，还有孩子那一双双渴望求知的眼睛，都让他感到新奇，感到亲切。他只有一个愿望，那就是好好教课，把知识传授给孩子，报答养育他的乡村，报答他那善良淳朴的乡邻。他起早贪黑，认真备课，仔细做教案，和风细雨地给孩子们讲解，这样的工作一干就是一年。

正当他信心十足、满腔热血地开展工作时，传来了一个消息：乡里准备成立财政所，要招收工作人员。家人和亲友极力地让陈东坤去报考，但他舍不得自己喜欢的教育事业，不愿意离开那熟悉的校园。父亲却是很坚决，希望儿子能到财政所工作，于是，就代为陈东坤报了名。参加考试的人很多，陈东坤基础比较好，当教师期间也没有中断过学习，所以，顺利地考进了财政所。

恋恋不舍中离开了工作一年的学校，告别了孩子们那灿烂的笑脸，走进了一个全新的领域。由熟悉的教育转行到陌生的财政，这时的陈东坤既茫然无措，又忐忑不安，自己对财政工作并不太清楚，能否干好工作，心里真是没底。

到了财政所上班报到，陈东坤被分配了做出纳工作。

看着眼前的算盘、账本、票据，他有如观天书的感觉，但他还是下定决心尽快熟悉出纳工作，买书籍、找资料、拜老师开始恶补所欠缺的财政知识。当时财政所大部分干部从事财政工作时间都很长，只有陈东坤自己是个新人，于是，陈东坤就向业务好的同志学习，对财政工作、出纳工作逐步有了一个基本的认识。所里有个会计叫吴兆清，业务特别好，陈东坤就主动拜他为师。吴兆清是商业学校财会专业毕业生，珠算、会计原理、工商业会计、财务分析样样精通，他性格开朗，乐于助人，把自己掌握的业务知识毫不保留地教给了陈东坤。陈东坤从打算盘、做分录、付现金、开支票做起，把这些财会人员应知应会的知识和技能学得非常透彻，很快就掌握了财政所的业务和基本工作技巧。在出纳岗位，陈东坤一干就是13年，在这期间他没有丢过钱，没有差过账，工作上没有出任何差错，得到了领导和同行的赞许。

初结税缘

由于陈东坤业务熟练、工作出色，1994年所长让他做预算会计。从出纳到会计，是角色的转换也预示着责任的加重，是对他13年出纳工作成绩的认可与肯定。乡预算会计管的范围很广，也很琐碎，中小学、畜牧站、农机站、卫生院等单位的事业经费，由县财政局拨款到财政所，再由财政所再往下拨。在工作中，他尽职尽责、尽心尽力，预算会计岗位上一干就是10年，在这10年里，他的工作从未出现过任何漏洞。

预算会计有一项主要的业务，是征收农业税，这就是他与税收结缘的开始。当时乡财政所给县地税局代征农业税，这项业务十分忙碌，也非常艰辛。他们在粮库财会室设一个窗口，负责开展这项工作，当农民送粮时，从农民的卖粮款中直接扣缴。每年的农业税征缴都在数九寒天的冬季，一直要等粮库收粮结束。在这期间，他一清早就起来顶着寒风、踏着积雪来到了粮库，一直工作到半夜11点都回不了家。财务结算室里，屋小人多，粮库的工人、送粮取款的农民进进出出，吵闹声震耳，烟雾缭绕，空气混浊，让人难以忍受，经常累得在工作时就睡着了，但陈东坤咬牙坚持，唯恐漏掉了一份农业税。

收粮结束后，征缴农业税的工作还要继续。有些农业税尾欠还需要清理，还有一部分粮食买得少不够扣农业税的，或者生活比较困难又不符合减免条件的农户，都容易出现欠缴农业税的情况。对于这些人，他们就得挨家挨户的去征缴。大冬天，滴水成冰，但他为了保证农业税的征缴，穿着棉大衣，带着棉手闷子，骑着自行车往来各个村组，一跑就是四五十里的路。农村山路多、土路多、坡路多，走起来非常吃力。夹着雪花的寒风刺在脸上如刀割一般，经历的辛苦无以言说。

到了纳税人家里，纳税人硬说没钱，就是不交，还得找村干部、村会计帮助协调。有的纳税人家去了三四趟，甚至五六趟都收不上来。公平村有一户纳税人，本人在粮库工作，不是没钱，但就是不交税。陈东坤一进屋，他就笑呵呵说没开资，总往后推，前后去了6次都没有结果。但陈东坤还是很执著，不达目的不罢休，数次找粮库领导，从纳税人工资中扣缴了税款。

2003年，国家出台了利民政策，取消了农业税。当年是先从吉林省开始试点，第二年全国展开。这是关系着千家万户农民利益的大事，老百姓欢欣鼓舞，陈东坤也为之兴奋，兴奋的原因不仅是摆脱了征税之苦，也看到了党和国家对"三农"问题的重视。他对同仁说："免缴农业税，农民笑逐颜开，我也心花怒放，我感觉到了社会的发展、国家的进步，中国几千年哪有不交皇粮国税的，只有共产党才这样重视农村、关心农民！"

税苑情怀

2003年，陈东坤从乡财政所被借调到县地税局工作。由于他在乡财政所表现突出，又从事过农业税的收缴工作，到县地税两个月后就被正式调入，成了一名地税人员。

到东辽县地税局工作后，领导考虑到陈东坤一直在宴平工作，就把他安排在了渭津分局。渭津分局主要管辖渭津镇、宴平乡、辽河源乡的企业及个体工商业户，陈东坤就负责管理宴平乡的企业及个体业户的税收工作。

2006年宴平与辽河源合并，成立辽河源镇，镇政府设在宴平。此后，陈东坤的工作量增大了，开始管理全镇的地方税收工作。

辽河源离东辽县城有49公里的路程，平时陈东坤在镇里工作，有会议或者重大事情时才到县城来。他和同事康永成一起，两个人共同管户。镇里总共有企业15户，个体110户，两个人每人年税收任务50万元。

陈东坤在财政干了22年，当过出纳，当过预算会计，也征收过农业税款，他认为隔行不隔理，到地税后干好工作应该不成问题。但事实并非如此，财政与税务虽然同属于一个大的系统，但业务范围和基础理论还是有很大不同的。所以，他一上岗开展工作，就深深地感觉到地方税收工作的艰难。

第一关是理论光。他到地税后参加了一次考试。当时县地税局通知每个人都要认真准备，他觉得这些年来，考试就是走走形式，到时候抄一抄也就完事了，所以没有太在意，只是拿着书本，简单翻一翻就放下了。等到考试时，监考非常严，没有机会打小抄。成绩出来后，他得了76分，自己很满意，以为答的不错，但别人的分数都非常高，平均82分。按着地税局的规定，"超过平均分数的奖励，达不到平均分数的要罚款"。他被罚了230元钱。转年，又进行了第二次考试，这次他认真了，起早贪黑看书，研读法律法规，熟悉税收业务。辛勤的努力得到了回报，这次考试，他进入了全市前20名，县里奖励他200元钱。

第二关是征税关。在实际工作中，他遇到了许多困难。当时地方税收非常零散，往往是在农民赶集时收工商税，一个摊床基本是两三块元，但是工作起来难度却很大，需要反复宣传、讲解。就是几块钱的车船使用税，也必须查寻车辆行踪，当场交税。纳税人纳税意识不强，不愿配合，给他的工作带来了极大的困难，每次税收都像一场战斗。征税这一关，他走得很艰难，但步伐既然卖出，绝无停下来的可能。陈东坤以高度的责任心，满腔热忱地投入到税收工作中。

由于环境的相对封闭，乡里的纳税人文化程度偏低，纳税意识都比较淡漠。有些纳税人不懂法，对陈东坤他们的税收征缴工作，根本不配合，更谈不上支持，有时甚至遭遇谩骂。每收一笔税，都要苦口婆心地做工作。辽河源镇里有个纳税户，不办税务登记，陈东坤一去，女老板就开口骂人。陈东坤给她讲解税法、讲解政策，细致耐心，最终纳税人才把税务登记办了。

在石安村，有一个体诊所，按他的实际收入每月税额40元钱，这税额核定的比较科学，甚至已经是很低了，尽管如此，他仍然不按时缴纳税款。陈东坤和同事前后去了8趟，纳税人依然不交税款，陈东坤拿文件给他，纳税人不理，硬说自己没有钱。给他下税收催缴通知书，纳税人也拒绝签字。陈东坤反复和他讲道理，也没有任何结果，便按法定程序对这个纳税人进行强制执行。把他的摩托车给扣押了，取笔录并进行教育，然后令其找人担保，纳税人不但交了税款，还交了罚款与滞纳金。这次强制执行，对纳税人的震动很大，都积极缴纳税款，陈东坤的工作基本理顺了。

第三关是人情关，陈东坤出生在宴平，乡里乡亲的，天天有人前来讲情。有一个纳税人，200多元的税款，数次催缴就是不交。这个人是陈东坤岳父的徒弟，岳父几次来讲情，让陈东坤给予照顾。陈东坤坚决不给面子，因为这个纳税人不交税，别人就会拿他作比照，都不交税款，税收工作就无法开展。岳父对陈东坤很不满意："你怎么这样死脑筋啊，假装收了，没人时再给退回去不就行了吗？"最后陈东坤还是把税收了，为此事得罪了岳父。

为了把工作干好，他经常走村串屯，也经常吃住在村里，向各个村的村主任、组长，了解沙石买卖、房屋交易、饭店旅店的经营情况。辖区内的土地上，都留下了他辛勤的足迹、洒满了他滴滴的汗水！

为税增光

2007年的3月，陈东坤到县里参加会议。会后在县局食堂吃了一口饭，就急匆匆地乘大客赶往宴平。

汽车飞快地行驶着，坐在座位上的陈东坤渐渐困倦起来。突然，一阵尖叫，把他惊醒，看见大客车正处于一个弯道行驶，对面急驶过来一个小农用车，眼看就要相撞，但刹车已来不及了，大客司机本能地向右打方向盘，客车呼啸着撞向路边一棵大柳树上，随即车身翻转，跌入路旁的深沟内，四轮朝上，把一车人全部扣在车里。

陈东坤瞬间已经昏迷，但很快被呼救声唤醒，听到了车里男女老少的哭喊声、呼救声，他心里非常着急。这时，他感觉自己的头部非常疼痛，身边全是碎玻璃碴子，他摸索着勉强爬到车外。到外面用手一摸，满手是血，头部撞出一个鸡蛋大的包，后肩也受了伤，疼痛难忍。他不顾自己的伤痛，马上呼喊着救人，并忍痛爬进了车厢救出来一个老头，老人伤痕累累，脸部全部是血，是宴平人，陈东坤见过，但不知道姓啥。他把老人放在安全地方，马上又去救别人。这次，他救出了一个妇女，这个人陈东坤也认识，是和平村的村民，姓潘，伤得很重。救出这名妇女后，他没有停下休息，马上又开始抢救车里其他的人。这时，他发现大客座位底下压着两个人，用了很大力才把俩人抢救出来，一看也都认识，是刘洪志夫妻。过了一段时间，救援人员纷纷赶到，受伤人员全部转移到救护车上，拉往医院。

他一看自己，脸上、衣服上全是血迹，救护人员让他上车去医院检查一下，他说啥也不去，说自己没有事，小伤，养一养就好了。司机被陈东坤的救人行为所感动，从兜里拿出200元钱，带着哭腔说："大哥，多亏你了，我兜里就这些钱了，别嫌少，拿着吧！"陈东坤说啥也没要。

陈东坤自己受伤了，还能想着去救别人，在危难关头他的壮举令人感动。市内通往宴平的大客司机也都在谈论这件事，都说，"人家是地税局干部，思想境界就是高啊！"东辽县地税局知道这件事以后，认为陈东坤的行为折射出了地税人的觉悟，反映了地税人的精神境界，为地税局争得了光彩，决定在全局内进行大力宣传，号召全局干部向他学习。

但陈东坤却对这件事有自己的看法："我根扎宴平这片故土，心系这里的乡邻，同生活在一块土地下，同喝着一个井的水长大，伸出援助之手理所应当，只不过这事让我摊上了，换了咱地税别人也一样，谁都会这样做。"

　　看着他经常辛苦地往返于县乡之间，邻居们很心疼，有人说："老陈啊，你也干这些年了，和领导说说，到县局机关工作吧，在这小地方工作，来回乘车不方便还不说，对孩子发展也不利呀！"陈东坤却笑说："我还真不愿意离开你们，不愿意离开这个乡村。其实，在哪工作都一样，都是为振兴东辽经济作贡献。

　　"华年五十前，朝朝倚少年，华年五十后，日日侵皓首。"陈东坤在他的故土，在他的家园，品味着如水般的光阴，感受着浓浓的乡情，把满腔的热血与灿烂的年华献给了为国家收税、为家乡聚财的宏伟事业。

　　他——尽职尽责！他——无怨无悔！

默默耕耘写忠诚

一个人，不论做什么，都要抱着一种乐观的态度和积极的信念，因为生活中，总有一个位置是适合并且属于我们的。

——题记

刘凤才，一个非常普通的税务干部，普通的名字、普通的外表，他没有可垂青史的业绩，也没有惊天动地的壮举，凭着对税务事业的热爱，默默地在税收岗位上耕耘着，以平凡的人生书写着对地税事业的忠诚。

他是一个很幸运的人

他家祖祖辈辈都是生活在黑土地上的农民。刘凤才生在龙山区工农乡，兄弟姊妹7个，9口之家，只父亲一个劳动力，在当年的农村，生活的贫困可想而知。那时还实行工分制，而每个工分才值一两角钱，再加上缺少粮食，留在他童年记忆里最深刻的两个字就是"吃饭"。

家庭虽然贫困，但父母非常支持孩子们读书，从不让他们干农活，总是催促他们抓紧学习。希望他们有知识、有文化。

一晃儿，刘凤才在辽源市第七中学毕业了。他既没回家干农活，也没靠父母养活，而是当了两年小学老师。每月有32元的工资，做班主任，教语文算数，他所负责那个班级是全校最差的班，学生不爱学习，经常打仗斗殴。在当班主任的两年中，他爱生重教，认真教课，工作负责，经常家访，孩子都喜欢这个小老师。两年的教学经历也让他有了成就感，现在还经常有人喊他刘老师，有个朋友逢人便讲："刘凤才是我的启蒙老师，这辈子我们不能忘了他。"

如果不是一次偶然的机遇，刘凤才也许就在学校当一辈子老师，继续他哺育桃李的事业。这个机遇就是辽源市税务局要在社会上公开招考税务干部。

刘凤才非常高兴，不放想过这个可以改变自己人生的机遇，决定报考，试一下自己的实力，挑战一下自我。

1985年，他以优异的成绩被辽源市税务局录取，安排在税务城郊分局，当了一名专管员，开始了他人生新的一页。他经常说，我是一个幸运的人，虽然没有太大的理想，但总能好梦成真。

他是一个刚强的人

税务大门向他打开，崭新的环境、优越的工作、优厚的待遇，这些虽然让他欣喜，但也令他疑虑："从教育转到税务，能适应这里的工作吗？能否在这找到我人生的支点？怎样才能干出一番事业？"他总是对自己担心，害怕干不好工作。

确实，刚来税务那一段时间里，刘凤才真是一片茫然。到企业去检查，翻开账本什么都看不懂。但他是个非常要强的人，强烈的自尊心，使他不甘落于人后。为了尽快地适应工作，他借来了许多关于税收方面的书籍和学习资料，经常虚心地向老同志请教。

刚强、坚毅和认真、执著，往往是事业取得成功的基石。刘凤才就是踏着这块基石，迈开了税务工作的第一步。白天局里工作多，不能影响工作去看书；夜晚家里孩子小，哭闹声不断，无法静下心来学习。但他克服了种种困难，在努力做好工作的同时，以百折不挠的精神，顽强的意志，起早贪黑挤时间、抓空隙学习与钻研，掌握了税收应知应会的知识，很快就适应了自己的工作。

本来他有一个幸福的家庭，妻子非常贤惠，孩子聪明伶俐，一家人幸福无比。但是，天有不测风云，妻子在一次意外中遇害，这个打击几乎使他无法承受。一个好端端的家残缺了，他忍受了这一切，在处理完妻子的丧事第二天就上班了。一个大男人带着孩子过日子，其艰难是可想而知的：白天，孩子哭闹着要妈妈，抓住爸爸的手不愿去幼儿园，必须让妈妈送；夜晚，孩子看着妈妈的相片才能入眠，睡梦里一声声地呼唤着妈妈，在哭闹中惊醒。老人也在极度的悲伤中病倒了，刘凤才既要照顾孩子，还要安顿老人，这种难以承受的不幸，他挺过来了。一年后，亲戚朋友都认为刘凤才应该给孩子找一个妈妈，应该有一个完整的家。人们张罗着给他找对象，他却担心孩子受委屈，不想找。面对家人以及同志们的不断催促，面对家庭的特殊情况，面对需要照顾的老人和孩子，他动了这个心思。无论是年龄、相貌、为人，还是工作单位以及收入，刘凤才都不比别人差，找个对象并不难。很快，就经人介绍就与市交通局的佟旭喜结良缘。婚礼上，女儿面对着新娘子嗫嚅地喊了一声妈妈，就哭泣了起来，现场的来宾们无不为之动容，地税龙山分局的女干部们哭声一片。

刘凤才的内心何尝不是刀割一样苦痛，但他是刚强的，在最困难的时候，他咬牙挺住了，挺直了腰板，擦干了眼泪，撑起这个家，把家里家外的事情处理得井井有条，以坚强的意志战胜了生活中苦难与不幸。

他是一个细心的人

一个事业心很强的人，在工作中无不讲究方式方法，刘凤才在这方面，也有着自己的感悟。他经常说："税务工作者服务对象是纳税人，工作目的是保障税款入库，必须和纳税人和谐相处。和谐不是一句空话，要善于化解矛盾，要有实实在在的行动，构建和谐社会也有我们的责任。"他不仅这样说也是这样做的，很多矛盾化解在他这里，很多冲突平息在他这里。

纳税人与税务机关往往是一对矛盾，税务机关要依法征税，有些纳税人却往往找借口，以各种理由少交或不交税款。对于这样的纳税人，刘凤才不是用简单粗暴的方式对待，而是以理服人、以情感人，让纳税人明白，依法纳税是每个纳税人应尽的义务。

他曾经管理过东吉市场卖肉的业户，这些业户的男人负责外出抓猪，女人们负责卖肉。当他们去收税时，有的女业户手拿尖刀往肉上一砍："收税？收什么税？税钱还没有卖出来呢，猪肉给你好了！"如果你要是再催促，她们就破口大骂。刘凤才面对这种情况，从不后退，而是耐心地进行宣传，详细进行解释，平息纳税人的躁动情绪。每天带领所里的同志，早晨4点钟就出来，进行市场调查，核定每个卖肉业户的销售数量，科学准确核实纳税定额。他们的吃苦精神和负责的态度都被纳税人看在眼里，经营肉类的业户对他们由对立到缓和最后逐渐认可，纷纷主动缴纳税款。

对于个别拒绝纳税的业户，他们就采取强制措施，实行扣押。当然，扣押不是目的，当被扣押商品的业户来交涉时，刘凤才往往和风细雨做好解释工作，让纳税人明白他错在了那里。由于工作细心、管理到位，征纳关系逐渐理顺，那些曾经拒绝纳税款的业户，也都积极纳税了。

为了干好工作，他承受了很多委屈。有个纳税户，从来没有缴纳过税款，因为他家里有个残疾人，税务机关去收税时，他就借口说残疾人从业不应该纳税。刘凤才告诉他："残疾人自己经营可以不缴纳税款，但他的亲属不能以残疾人名义经商不交税。"当税务机关对其实行扣押物品时，这个残疾人就坐着轮椅，腰上脖子带着支架，来到地税局吵闹，指着刘凤才的鼻子大骂。刘凤才没有生气，耐心细致地和他讲解税法，讲解优惠政策，不急不躁、不怕麻烦，最终说服了这个纳税人，从此这个人一直积极缴税。

他是一个热心的人

刘凤才性格开朗，讲究快乐生活、快乐工作，平时总是笑容挂满脸上。他嘴勤、腿勤、手勤，干起工作来也是洒脱利落，谁有事喊一声，他都有求必应。

国地税刚刚分家时，他在地税龙山分局办公室工作。为了把分局工作干好，他一天没有闲着的时候，楼上楼下来回奔波。当办公室主任后，积极为领导决策，为领导做好参谋的同时，也不忘为干部服务，谁的卷柜打不开了，谁的抽屉锁头坏了，大家都愿意喊他来帮助解决。

一天夜晚，电话铃声阵阵响起，把他从睡梦中惊醒。"凤才啊，我是陶传声，你出来一下，我的摩托车坏在了乡下的路上了。"听到单位同事的电话，他毫不犹豫地穿上衣服，走出房门。夜，静悄悄，早已没有了行人，他走过了几条街，找到了出租车，敲开摩托车修理部的门，拉着修车师傅，来到了乡下。等修好车把同事送回家，一看表，已经凌晨2点钟了。

到一线征收科室以后，刘凤才对工作的热情更加高涨。大唐热电刚落脚辽源时，不熟悉辽源环境，企业财务人员来地税办理业务时，找到了刘凤才。他没有推诿，拿着有关资料领着企业人员，跑科室、上大厅，很快就办完了税务登记和审批手续，企业人员一再感谢。

有一次，一个在半截河上二层楼里经商的纳税人找到刘凤才，说："你们地税局收土地税，不合理呀，我没有在土地上，我是在河上啊。"这本来不是刘凤才的管户，但他还是耐心讲解："你是在河上，但河在什么上啊，不也是在土地上么？国家关于土地的概念是广义的：河流、湖泊、山脉、沙漠、滩涂都是土地呀，你在半截河上自然也应该缴税呀！"热心地解释宣传，使纳税人心悦诚服。

一天，一个大娘来税务局，要办理食杂店的纳税手续。刘凤才告诉她，先到工商局办执照。大娘问："工商局在哪里？"刘凤才说，那我领你去吧，于是他带着大娘来到了工商局，到个体科办理了执照。平时，邻居也和他处得很融洽，大家有什么事情都愿意找他核计。

他是个有原则的人

刘凤才性格开朗，平时嘻嘻哈哈、笑容可掬，但在原则问题上毫不让步。他生在这块土地上，参加工作24年，有很多亲人朋友，要面对种种关系。遇到人情怎样处理，当亲情友情与原则发生碰撞时，如何去执法？怎样处理请客送礼？面对这些问题，刘凤才都能掌握好分寸。

他经常说，自己是一个农民家的孩子，能有今天的工作非常不易，必须珍惜今天的一切。亲戚朋友来找他，他不是一句话就给顶回去，而是耐心地作解释工作。他说："你们来找我，我非常理解，就是我有事的时候，也总想找个熟人，但你们应该相信，辽源地税人绝对认真执行政策与法规，不会因生人与熟人而区分对待。"刘凤才的一番真诚话语，打消了亲戚朋友们的疑虑。

有一次，妻子的表姐夫找到了刘凤才，要求给弟弟的饭店税额少核定一些。刘凤才告诉姐夫，那绝对不行。姐夫说，我也不是外人，就这点破事你还推脱啥呀？刘凤才说，每个人都有亲戚朋友、邻居同学或者老乡战友，朋友还有朋友，同学还有同学，辽源就这么大个地方，谁找不到熟人？人人都要求照顾，地税局的工作咋干哪！

有一次，一个朋友趁端午节拿出200元钱，扔到刘凤才办公室就跑了，刘凤才理解这个人，把200元给交了一个月的税，这个纳税人看到刘凤才这样做，很感动，以后缴税非常积极。

对于邀请刘凤才吃饭，或者送东西的人，他不是一律拒绝，他知道人不生活在真空，要有朋友也要有亲情。只不过是他明确分清以权谋私与人情往来的界限，这一点，他处理得很好，很多纳税人和他都是朋友。涉及原则问题，他毫不让步，至于朋友以及人际交往，他非常通情达理。这些人有事，都愿意找他，这些朋友家里有事情，第一个到场的往往是刘凤才，原则加情感使他积累了人气，工作开展起来也非常顺手。

刘凤才经常说，自己是一个普通的平民百姓，农民的后代，做的是平凡的工作。对自己的人生没有更高的奢望，只想扎扎实实把工作干好，尽量在平凡的工作中，实现自己的人生价值。

刘凤才的言行是一致的，实际工作中，他也是这样做的。刚来税务局时，在税务干校培训时，他认真学习，刻苦钻研税收业务；管理个体户市场时，他不辞艰辛起早贪黑，冬天寒风凛冽，夏天骄阳似火，不管风天雨天都没有挡住他的脚步，哪怕是五角钱、一元钱零星收税，他也都征收到位；在办理纳税人开业登记、减免税以及核定税额等工作中，他都认真对待，严格履行程序。几年的时间里，不断地轮换着岗位，先后到过税务派出所、征收分局，当过办公室主任、人教科长、税源管理科长、不管干哪样工作，他都能认真面对、全力以赴。

刘凤才经常说："不为别的，就看看咱们的工资，看看咱们的福利。国家和社会对我们这样好，局领导对咱们这样关怀，咱有什么理由不干好工作？要对得起每月装到兜里的工资啊！我是一个小老百姓，但社会上没有人小看我，因为啥？因为我身后是地税局，我是地税局的一员，是地税局给了我荣耀和幸福，所以，真得好好珍惜啊！"

刘凤才是平凡的，但他并不平淡，也不平庸。在养育他的这片热土上，在寒来暑往的岁月中，他兢兢业业、默默地耕耘着，踏踏实实地奉献着，实践着对党的忠诚，书写着对地税事业的忠诚。

寒门学子从税路

容貌与家境可以让人羡慕，但当你没有这些时，只能凭借自己的努力赢得别人的尊敬。其实，自强自立的向上精神才是人生强大的动力，它激荡着岁月、裹挟着情感，或水流浩浩，或风声萧萧！

——题记

建安镇双山村，一片山清水秀的沃土，在这里，聂洪德度过了童年、少年的幸福时光。

聂洪德的父亲是与土地打了一辈子交道的农民，在村里人缘非常好，不论谁求他什么事，都有求必应。他话语不多、善良本分，被大家选为村会计。这个活在村里没有人愿意干，因为不额外加工资，但父亲把会计做得非常好，大家都很满意。母亲操持着家务，在家里养鸡喂猪，侍弄菜园子，谁家有大事小情她都上前帮忙。

在聂洪德的少年记忆里，温馨与贫寒相互交织。父母、哥哥、两个姐姐非常疼爱他，但贫穷的生活也时时笼罩着他。当时农村已经改革开放，实行了包产到户，农民普遍走向富裕，但是，聂洪德的家里依然很贫穷，原因就是人口多。除了过年，他平时没穿过新衣裳，基本捡哥哥穿过的衣服，就是买件新的也是到地摊找价钱最便宜的。记忆中家里的餐桌上，总是窝窝头和咸菜，很少看到荤腥。

贫寒的家庭、艰苦的环境，从小就让他树立了好学上进的精神。在双山村读小学时，他的成绩在班级里总是第一，初中在建安镇中心校，成绩也一直是名列前茅。当时，他家离学校十多里，每天要骑自行车上学，别人家的孩子自行车都是新买的，唯独自己骑的车是父亲和哥哥用过多年的，由于陈旧并且缺零件，经常坏在半路，只好推着车往家走。

高中的三年是在东辽县二高完成的，这三年的学习是很辛苦的，但更大的困难是家庭生活的拮据。他知道家里的条件，理解父母的难处，总是想方设法少花钱，尽量从肚子上节省，就餐时，总是选最便宜的饭菜，尽量控制饭量，有时候一天只花一块钱。由于年轻、身体处于发育时期，往往刚刚吃完饭，肚子就咕咕叫，就有饿的感觉。

在学校他学的是文科，三年之后参加了高考。虽然在校期间学习非常好，年组总是第一名，但由于当时的二高师资力量匮乏，学生的成绩上不去，这一年，没有一个人考上大学。他默默地回到家,帮助家人干农活。

当年的小伙伴,已经在农村干了很多年,庄稼地里的活都非常纯熟。聂洪德回到了乡里,却不懂农活、不会用车马农具。沉重的体力活,令他咬牙坚持。而每当夜深人静时,他都难以入眠,想着自己的出路、自己的前途,几经思考决定继续走读书之路。当他提出这一想法时,父母非常支持。

他自己联系了东辽县一高中,一打听补习费是600元。家里没有钱,母亲只好四处去借。第一个找的是聂洪德的姑姑:"大姐,孩子上学,需要600元,你先借我们200元吧!"姑姑回答说:"实在对不起,我就有100元哪!"母亲又到别的亲属家凑钱,最后还差不少,只好落到了聂洪德出嫁的姐姐身上,勉强把补习费凑齐。

离开学校半年之久,聂洪德又终于开始了学校的生活。他眼前却总是浮现母亲挨家借钱时的身影,耳边萦绕着母亲因借钱碰壁而发出的叹息声。想到家里的艰难,他实在心疼这600元,想来想去,觉得这个课不应该补。于是,多次和老师说,找校长谈,说明家里的境况,把钱要了回来,自然也就退学了。

他陷入了两难的境地,上学,不能承受补习费,不上学,无法实现自己的理想,今生的理想将化为泡影。这个倔强而聪明的孩子,想到另一个办法,那就是找一个既能补习,又少交学费的地方。他打听到辽源有个高考补习班,是个人办的,他找到了这里,向老师诉说了原委,只是想少交点费用,老师被感动了,没有收他的钱。这个老师让聂洪德终身难忘，他就是从五中退休的老师，名叫葛鹏举。

在葛老师这里补习了7个多月后，又参加了高考，这次他成功了，考入了吉林财税专科学校，这标志着他开始朝着自己既定的人生目标，迈出了关键的第一步。

考上大学，本来是自己梦寐以求的喜事，可他怎么也高兴不起来，原因是当时家里的经济条件非常困难，而大学的学费又居高不下，筹集学费成了摆在全家人面前的难题。就在这时，一件意外的事情发生了，父亲在公路上骑自行车时，不慎被建安粮库运粮车碰伤，粮库给5 000元的赔偿。父亲忍着伤痛在家休息，没有去住院，把钱还了一部分债务，剩余的给了聂洪德作为学费。

用父亲治伤的钱来念大学，聂洪德心痛的感觉是可想而知的，他深深地感到对不起父亲，也对不起家人。自己就下定决心，到大学里一定努力学习，学有所成回报父母的恩情，回报养育他的土地。

在高考报志愿时，他有个强烈的愿望，那就是非财经类的学校坚决不考。这点，也许是受父亲影响。父亲是生产队会计，在村里，经常帮别人写写算算，很受村民的尊敬，也经常和财政、税务人员打交道，聂洪德非常崇拜父亲的为人，更羡慕父亲从事的会计职业。也许是这个原因吧，他从小就对会计、财政、税务有着深深的向往。每当夜深人静的夜晚，无数次想象自己是一个会计，在算盘的噼啪声中，梳理着账目的线条；想象自己是一个财政干部，在一排排电脑键盘上，管理着预算收支、资金的走向；也曾想象着，自己穿着藏蓝色服装，头顶着鲜红而灿烂的国徽，走向企业、走向商场，走向那熙熙攘攘的集市，在分分角角的钱币上，实现为国聚财的宏伟理想。

聂洪德人很平凡，但他在追求上绝不平庸，他非常上进，对自己的人生总是充满着自信。

1996年大学毕业前夕，某市财政局来到学校招干，聂洪德非常兴奋，学校的系主任、辅导员也认为他很优秀，全力地推荐他。但结果出乎意料，他落选了。他是个执著的人，不甘心失败，有一分希望，就会做百分的努力。他开始写自荐信，每天向财政局邮送，信中表达了热爱家乡、热爱财政事业、愿为家乡的财政事业贡献青春和热血的愿望，但都是石沉大海。凭着不服输的精神，他数次到某财政局找领导谈话，进行自我介绍，表达自己诚挚的愿望，领导只是好言相慰，告诉他，人事招聘工作已经结束，以后有机会一定先通知他。

后来听朋友说，不招他的原因，是因他长得不好看，他听到后，自尊心、自信心受到了重大挫伤，一股急火病倒了。一天，他洗漱时，发现自己舌头都变黑了。不仅如此，来自家乡农村亲朋好友的风凉话也让他受不了："上学有啥用，还得四处借钱，现在不也是没有工作吗？"聂洪德陷入了极度的苦闷之中。

一天，他去看望葛鹏举老师，老师告诉他一个消息，说辽源市地税局招干，他听到后，很是兴奋，准备参与考试，不服输、敢于挑战自我，才是他的真实个性。

参加报名的有100多人，但总共招收6人，经过笔试、面试、政审，一路顺利，他幸运地成为辽源市地税局的一名干部。

他被分配到龙山分局办公室，在任延林主任带领下做会计和信息员工作。会计工作需要的是准确细腻、不出差错，夏天，室内潮湿闷热，全身被汗水浸透，深秋，没有阳光阴冷的房间，让他无法伸手工作。但他总是坚持在办公室里，归拢着账目、整理着票据，工作中哪怕是细小的事情，都力求处理妥当。信息工作给他带来了一定的困难，原本学的是财会，文字综合并不是他的强项，所以他经常练习公文写作，付出了艰辛的努力，终于取得了好的成绩，信息报道经常见诸报端。

坐在办公室里算账、写稿，不是他的愿望和追求，他多次向领导提议，到税收的一线去工作。

2000年，他被调到管理四科，当上了一名专管员，管理的范围从站前一直到钢管厂这一区域。这片儿的特点是，远离市区、税源零散、业户纳税意识薄弱，业户中两劳释放的人员多、下岗失业的人员多。收税时，经常有人让他看证件，小聂以为是哪一级别的荣誉证呢，原来是劳改释放证，弄得他哭笑不得。有一个美容院的老板，告诉聂洪德："工商局都让我打跑了，我还怕你们？"聂洪德认真细致地讲解税法，三番五次地下催缴通知，该业户还是拒不缴纳税款。于是，对其强制执行，并联合公安机关将该人传唤，补了税并进行罚款。

工作中，他根据自己学到的知识，结合实际情况，在调查研究的基础上，撰写出了《现行征管模式的几点思考》这篇很有分量的文章，被市局、省局征用，后又报到国家税务总局。

2002年机构改革，实行科所长竞聘上岗，聂洪德报名参加了，顺利入围，成为龙山地税的一名中层干部，分配到了山湾地税所任所长。

聂洪德是个头脑灵活有点子、有办法的人，上任以后，首先抓了工作目标责任制。将全年工作任务层层分解，落实到了人头，让干部人人都明白，所里一年都干啥，每个人的任务是啥，要达到一个什么标准，完成的时限，要做到每个人心中有数。他又对管区内的情况进行全面的普查，摸清了辖区的税收工作的相关情况，为做好工作奠定了思想基础和措施保障。

当时他们管理纳税人300多户，这个辖区的特点是乡镇企业多、招商引资企业多，法人代表里，政协委员、人大代表多。他知道要想与这些人打交道，自身要过得硬，要精通业务，要严格执法程序，一定要干净自律。经过他的努力，真诚的态度、细致的沟通，取得纳税人的支持与理解，税收工作开展得非常好。工作中他能严格执法，强化税法的刚性，对拒绝缴纳税款的，他毫不手软。一个企业拒不缴税，经过几次催缴通知后，该企业仍无动于衷，聂洪德果断地查封了他的账户，保证了税款的及时入库。

工作中他发现，山湾所辖区内房地产开发企业多、基建项目多、纳税大户多，原先实行的属地管理办法，体现不出重点大户重点管的要求，管理往往不到位。于是，他大胆地实行了由专人重点管大户，属地管理与重点管理相结合。这样做，个体小户管理没放弃，重点户重点抓，抓到了位，得到上级部门的认可。

担任所长以后，他总是起早贪黑、不辞辛苦，跑遍了山湾乡300多个纳税户，积极宣传税法。多次带上头盔，深入到施工工地，进行税法讲解；多次走进企业、走近个体业户，帮助解决难题，培养后续财源。工作任务紧时，他就吃住在乡政府里，时常回不了家。

他不仅严格执法，也认真落实税收政策，对不足起征点的及时给予减免，对于福利企业也认真核实，积极落实税收的优惠政策。

几年来，他有收获，也有委屈，更经历了许多困境。说情风不断，甚至多次受到不法纳税户威胁。

有个经营饭店的业户，想一切办法不缴纳税款。聂洪德每次催缴税款时，这个业户就说"税好办，咱先喝点酒，嫌我家饭菜不好，咱就到市里去"。聂洪德当然不会和他喝酒，纳税人看用什么招都不行，就威胁洪德，找到局里扬言要废了聂洪德。此招不见效，就对小聂的人格进行诬陷，编造了一些莫须有的丑闻绯闻强加在给聂洪德身上。

从2002年到2006年，聂洪德累计收税2 000多万元，几年里，他的两任党委书记、三任乡长、三任财政所长对他得工作非常满意。

聂洪德对自己有着严格的要求，不该做的事情绝对不做。在金钱方面，他有自己的看法。他说："不是我这个人的境界有多高，我也是普普通通、有七情六欲的人，每当我有非分之念时，我就想到母亲为了600元钱走家串户尴尬的眼神，想到父亲被车撞伤宁可不住院也供我上学的情景，想到了自己为了找一份工作时的艰难场面，也想到局领导对我的信任，还有同志们对我的支持。想到这些，我就无法向纳税人伸出贪婪的手！"

能在地税工作，聂洪德是幸运的，他总有一份感慨涌动在心间：他无比感激这个社会，感激哺育他的故乡，他更感激为他提供人生舞台的辽源地税。

一个当年管招聘，曾考察过聂洪德的领导，看到了聂洪德的妻子，开玩笑地说："我当年没有选择聂洪德，你却选择了聂洪德，你的眼界比我高啊！"是的，妻子选择了聂洪德，地税事业也选择了聂洪德！

不管未来的岁月怎样，不管明天道路如何，也许是阳光明媚，也许是电闪雷鸣，但在为国聚财振兴辽源的税收路上，聂洪德永远都会风雨无悔、矢志向前！

只缘珍惜尽努力

贫穷是对人生的最大考验，对不甘屈服的人它是鞭策，对甘于沉沦的人它是灾难。唯一区别是面对生活的心态，这心态犹如一道分水岭，决定着人的生存平台和生命质量。

——题记

35年前，肥城市汶阳镇的民办教师陈乐庆，已经是4个孩子的爸爸了。看着眼前的四朵金花，老陈着实地高兴，但也有一丝丝的遗憾，那就是还没有个儿子。山东是好汉武松的故乡，梁山英雄的故事在民间广为流传，重男轻女的观念相当强烈。养儿防老、传承香火是家庭的大事，甚至是家族的大事，没有儿子是很没面子的，陈老师的父母也天天说要个孙子。于是，他就和妻子商量准备再要一个孩子。

天遂人愿，1975年1月15日，一个大胖小子降生在陈家。给这个家庭带来了不尽的喜悦，乐坏了陈家上上下下的老老少少，这个孩子取名叫陈宝清。

男孩子是爷爷奶奶的心肝宝贝，是爸爸妈妈的希望所在，姐姐们也小心地呵护着弟弟。当时的山东泰安是很落后的，陈宝清家里生活一直很贫穷。记事儿的时候，改革开放的春风已经吹起，市场经济的大潮开始涌动。但对于人口多、底子薄得陈家，贫困的生活还没有真正的结束。

山东是孔子的家乡，历史悠久、文化灿烂，但山东人口多、土地少也是事实。旧中国，讨饭的、闯关东的大多是山东人，在东北挖参的、淘金的、下煤窑的、进矿山的人群中，都可以看到山东人的身影。

陈宝清的家乡人多地少，全家7口人，只有2亩多地，产的粮食根本不够吃。父亲作为民办教师，工资少得可怜，更解决不了全家人的温饱。孩子们都在长身体，每天都吃不饱，没有办法，母亲只好用玉米面换地瓜干，一斤换三斤。上顿吃地瓜，下顿吃地瓜，肚子是填饱了，时间长了看见地瓜就反胃。记得有个相声说，那里的公鸡打鸣儿都是三个字"地——瓜——干儿！"相声说的地方就是当时陈宝清的家乡。他清楚地记得，父亲每天下班回来很晚，经常吃不到饭，为此，母亲就偶尔用玉米面做一些煎饼，用筐装起来，吊在梁上。他有时和四姐偷偷地踩着凳子，往下拿煎饼吃。煎饼摊平，放点小葱、酱油，放点荤油，倒上热水，稀里哗啦一顿美味就下肚了，父亲回来往往吃不着东西。当时陈宝清就想"如果天天都能吃上煎饼蘸酱油，那该有多好啊！"

因为家里的贫困，陈宝清的二姐、三姐相继退学，平时帮助母亲干农活，农闲时编织手工艺品，到市场去卖，以贴补家庭生活。

贫穷给陈宝清留下的记忆是深刻的，多年以后他有了儿子，想起当年的生活仍感慨万分。记得有一次，他与妻子陈云领儿子上街，儿子看见了烤地瓜，非让爸爸买给他吃，陈宝清看见地瓜就有一种受不了的感觉，只好让妻子领儿子吃地瓜，自己躲在一边吐酸水。

陈宝清的父亲为让孩子能学业有成，平时省吃俭用，不吸烟不喝酒，把节省下来的分分角角支付了孩子的学费。陈宝清从记事到上初中时，没有买过鞋，都是穿母亲做的鞋。当时父亲一心扑到教育事业，母亲操持着全家的生活，身上的担子特别重。看到父母一天天劳累的样子，陈宝清和四姐就核计不念书了，回家帮助父母干活。但老人却不赞同孩子们选择，因为他们把希望都寄托到了子女身上，希望子女学业有成。经过父母亲多次劝说，陈宝清又继续上学了，但四姐还是固执地退学了。

父亲对陈宝清寄予了很高的期望，他告诉孩子，想生存必须求学，要想改变命运必须读书。就这样，陈宝清读完了小学，升入初中。但在念初中期间，他的情绪发生了较大的变化，周围富裕的环境、经济优越的同学，让他想起了自己贫困的家，觉得自己作为一个男儿，有责任让家人过上好日子，所以毅然决定不上学，出去打工挣钱，帮助家里摆脱贫困。于是，这个初中没有毕业还很嫩稚的孩子，毅然决然地来到了东北的大姐家里。那是1992年，他16岁。

到东北后，他打过零工，在建筑工地搬过砖，还做过小生意。在社会上混了不到一年，16岁的他深刻认识到谋生的不容易。正在自己十分迷茫时，接到了父亲的来信，信中劝说他继续上学，姐姐和姐夫也赞成他上学。就这样，1992年11月初，他又背上书包，到东辽县第二中学即渭津中学做了插班生。失学了时间太长了，他感觉学习非常吃力，浓重的山东口音读起课文来惹得全班同学哄堂大笑，但陈宝清非常有毅力，努力学习，并按标准音校正口语。艰辛的努力终于有了回报，经过8个月努力，1993年7月，他考取了吉林省税务学校，实现了人生的转折。

陈宝清非常要强，在税校念书期间，刻苦自学，拿到了长春税务学院的毕业证书。4年的中专学习生活，一晃儿就结束了，1997年7月份他被分配到东辽县地方税务局。

到县地税局后，领导把他安排在稽查局，主要工作是查办税案。由于上学时他所学的税收知识主要是增值税和消费税，其他税种几乎没有接触过，而增值税和消费税恰恰是国税局的业务，他虽然在地税工作，却不懂地税业务。所以，他到地税稽查局后，工作起来感到吃力。为了提高自己的工作能力，他搜集各种资料，借来了《地税基础知识问答》，找来了《地税通报》，买来了《税务查账技巧》，甚至找来《中国税务报》，利用休息时间反复研究，遇到难点就和大家探讨，向业务好的老同志学习，经过自己的不懈努力，很快就进入了角色，一段时间后，就成了业务骨干。

在稽查工作中，他积极探索，不断研究，并且善于总结归纳。东辽县有很多开小煤窑的纳税人，都是私人经营，账目往往不全，而且纳税意识比较薄弱，为了少缴税往往申报不真实或有意提供虚假情况，给纳税管理带来了诸多不便。陈宝清依据工作经验，结合实际情况，进行梳理规范，总结出一套检查小煤矿经营状况的新方法：首先从耗电耗水上进行检查，煤矿要生产必然要消耗水电，从发生的电字上，就可以掌握一定的情况；其次是从纳税人银行资金的走向看原材料的购入和产品销售；三是从原材料消耗、工资等费用支出看生产情况；四是到生产班组查看作业记录；五是找有关工作人员了解情况作为辅助手段。通过几种办法相互结合，基本掌握了小煤矿业主的生产经营情况，在实际执行中，收到了很好的效果，并在全局内进行推广。

在税务局工作谁都回避不了人情与关系，陈宝清也不例外。在稽查局的几年里，他查办了很多案件，也接触了很多纳税人。偷逃漏税的纳税人为了少缴税，或者不交税，多次找关系宴请他，但他没有违背原则。曾有纳税人为了免于处罚，送给他 1 000 元钱，在推辞不掉的情况下，为纳税人开具了 1 000 元的完税证。

2000年，他被调回县局计财科工作，工作内容变了，但他踏实工作、富于进取的精神没有变，面对新的工作环境，他及时调整思路，快速进入角色，把工作干得井井有条。2001年3月，东辽县地方税务局实行中层干部竞聘，他被聘为计财科副科长并主持工作。他为了夯实工作基础，着手制定了《计会工作考核办法》以及《收入进度考核办法》、《目标考核奖金兑现办法》；完善了《财务管理制度》、《票证管理办法》、《计会统考核办法》等制度办法，使财务管理、票证管理、会统核算等各项更加规范、更加完善，得到了全局干部的一致好评。他制定的管理办法都有独到之处，把很抽象的东西一下子具体化，让大家看起来简单明了，执行起来科学规范。

2002年，陈宝清被任命为计财科长，一年多副科长经历让他积累了丰富的工作经验，承担全科的业务已经是轻车熟路。他把主要精力放在了组织税收收入、分配税收计划方面。为了创造性开展工作，他深入到纳税企业进行调查研究，逐户摸清企业的生产经营状况和资金运行情况，然后再根据本局各征收单位的征收管理范围，制定并下达各单位的税收计划。在计划执行上，提出了"目标责任制跟踪管理"的具体措施，加大调度力度，科学管理税收。由于他对税收计划落得实、落得准，为全局税收任务的完成奠定了基础。

近几年来，随着改革开放的不断深入，地方经济也不断发展壮大，地税事业也面临着新的挑战，收入任务一年比一年重。到了2008年税收任务达到7 000多万元，创历史最高记录。虽然税收任务大幅度增长，但税源缺口却仍然很大，作为计划财务科长的陈宝清，更感到肩上责任的重大。

11月底，一场大雪覆盖铺天盖地而来，路上积满了厚厚的冰雪，光滑的路面让人步履艰难。由于脑子里想着工作，他一不小心摔倒在路边。人们立刻把他送到医院，经检查，左膝韧带严重损伤，医生建议左腿必须打石膏，并在家休息两周。年终是税收任务的关键时期，他一刻也不想在家休息，焦急地问医生能否有更快恢复的方法。医生告诉他："小伙子，你的腿伤得很严重，至少也得两周时间才能恢复，如果着急走路，一旦再次受到损伤，后果不堪设想。"打完石膏后，医院用救护车把他送回家。躺在床上的他，心里也乱成一团麻：税收任务还差一些，省局近期要来进行考核，基础资料还需要进一步完善……

养病期间，他深感度日如年，科里工作他时时挂在心上，经常用电话和同志们沟通。到了第4天，他实在憋不住了，给局长打了电话，请求局里来车把他接到单位。领导说你的腿没有好，不能上班，他说："没有关系，实在不方便的话，我可以在单位住！"局领导架不住他的再三央求，同意他来单位上班，但嘱咐他一定要注意安全。

到了第11天，他就急不可耐地来到医院，准备拆掉石膏，好方便自己行走。等拍完片儿，医生说恢复得不太好，应该继续在家休息。这时他妻子陈云说，他已经上班7天了。医生很严厉地说："小伙子，你要是再受伤了，可别到我这来，这样不遵医嘱，我可不给你再看病了，别坏了我的名声！"

踏实肯干、积极向上的精神得到了局领导的认可，2009年初，陈宝清被提拔当了局长助理。担子更重了，责任更大了，但他的头脑也更清醒了，信心也更足了。亲戚朋友看着他进步也都非常高兴。当然，也有人找上门来，要求少下一些任务、要求减免税款，要求违法案件给予放行……但他都一一回绝了。

他常说："我不是不通情达理，我也有亲情，我也讲感情。但地税局给了我温饱，各级领导对我关心爱护和信任，让我挑起事业的重担，实现了人生的价值……我要给税徽增彩，不能给他抹黑。"

一个逃学去打工的孩子，一个没有任何背景的学生，能有今天的成就，实在让人惊讶。也有人问他："你工作干得这样好，秘诀是什么？"陈宝清说："没有什么秘诀，就是珍惜，珍惜今天的一切。小时候家里贫困，我一个外乡人流落在东北，经历了很多的苦，也感受到了什么是甜，我要珍惜今天的幸福，珍惜地税局给我提供的施展才能的机会！"

只缘珍惜，让他付出了加倍努力，历经艰难困苦的他，终于迎来了事业成功。在地税事业这个舞台上，在慧眼识珠的领导支持下，在朝夕相处的同事帮助下，在亲朋好友的关注下，他，终于苦尽甘来、梦想成真！

寒冰报春花

深秋的东北，几场重霜之后，花已经凋零，北风吹打着干枯的树叶，发出一阵阵"哗哗"的响声，使人产生一种凄凉的感觉。辽源市委行政科干部杨树成像霜打了的茄子，耷拉着脑袋，半晌不说一句话。妻子抱着刚刚出生的婴儿，眼泪从她那苍白消瘦的脸上像断了线的珍珠滚落下来，他们多么盼望这第7个孩子能是个儿子啊，哪成想还是……

身为家里最小的孩子，父母和姐姐们都很疼她，但疼爱之余又总会感到有些惋惜，要是个男孩该有多好啊！聪明伶俐的晓冰打刚一懂事就看出了家人的这种心思，为了给盼子心切的父亲带去些安慰，也为了满足母亲的一点点虚荣，从小她就把自己打扮得跟个男孩子似的，梳短发、穿男装，从不跟小丫头在一块儿玩，爬墙、上树、打架，名副其实地成了个"假小子"，还在男孩子堆里当起了

"头儿"。

俗话说：江山易改，秉性难移。一晃十几年过去了，杨晓冰已经长成了个大姑娘，但性格一点没改，走起路来风风火火，干起工作泼泼辣辣。

一、结缘税务

1986年，杨晓冰成为吉林省广播电视大学财税专业的一名定向生。每天她骑着姐姐们用过的男式二八车，在学校和家之间来回穿梭。在学校，她是副班长，班里有个大大小小活动都少不了她；在家里，她是"儿子"，背背扛扛，过冬用的米、面、土豆、大葱，她搬上车子就给驮回了家。

两年的时光很快过去，父母就盼着晓冰早日毕业、成为一名税官。岂知世事难料，就在毕业前夕，学校接到通知，取消定向分配，要进税务局就必须参加社会统一招考。年迈的父亲听说了这个消息，火一下子就上来了，几天几夜没合眼，他觉得对不住女儿啊！晓冰当时正是在父亲的建议下，报考了这个本市税务定向委培的专科学校，以为毕业后就能直接进税务局，哪成想临到毕业政策发生了变化。晓冰看着家人为她着急，心里更加不安，倔劲一下子就上来了，她来到父亲床前，坚定地说："爸，您别犯愁，相信您的女儿，不分配，参加考试也一样能进税务局！机会永远是留给有准备之人的。"

经过一个多月的艰辛备考，杨晓冰以全市第4名的成绩顺利考入了税务局。当她把这个好消息告诉父亲时，父亲两眼模糊了，看到女儿这么争气，他既感到欣慰又很骄傲："只要孩子积极上进、有正事，女儿、儿子都一样。"父亲的看法逐渐转变了。

然而，就在晓冰参加岗前培训即将结束的时候，父亲因病永远地离开了她。没能让父亲看见自己穿上藏蓝色的税服，晓冰感到很遗憾。悲痛之际，她将父亲的嘱托牢牢地记在了心中："工作后，一定要好好努力、好好珍惜，做个好税官！"而今20多年过去了，每次上班、下班路过父亲当年工作过的老市委办公室，杨晓冰都会放慢脚步，深情地望上几眼，耳边仿佛又响起了父亲的叮嘱。

二、埋头苦干

1988年12月，杨晓冰被分配到城郊税务局做会计。她年轻，头脑灵活，手脚又勤快，很快就适应了工作。一个人身兼会计、文秘、打字、总务四项工作，一天天放下耙子拿扫帚，像机器人似的不停运转。

秋天时，单位要给干部们分大葱、苹果、土豆、大米、白菜等过冬福利。杨晓冰坐在颠簸的半截子车上，挨样地办置着，装车、卸车、称重、记录，几趟下来，弄得满身污垢、累得浑身冒汗。为了及时把物品分发到位，不管多晚，她都一直等在那儿，直到所有人把东西全取走了才回家。一天下来，已经累得直不起腰来。

1990年，全市搞精神文明"金杯赛"活动，要打的材料一份接一份，白天干不完她就中午不休、晚上贪点，直到完成任务，加班加点成了经常事。那会儿还是用铅字打印、油墨印刷，一份份材料印下来，手上身上全是墨渍。直到1992年单位安上了电脑，她才总算告别了那台老掉牙的手工打印机。

三、迎难而上

1996年，地税城区分局成立。领导们看中了杨晓冰干事风风火火、不惧难、不怕累的性格，将她调入到第二税务所当专管员。

来之前她也曾犹豫：自己从未在前勤管过户，一切都是从零开始，困难可想而知。儿子现在还不到4岁，正是最依赖母亲的时候，她实在是不忍心将孩子完全扔给婆婆照看。可刚想放弃，心底里的一个声音又在告诉她，去接受这份挑战吧！她跟丈夫说出了自己的顾虑，与她同窗多年，又一同考入税务局的丈夫最了解晓冰的性格了，说道："我支持你，我知道你是不服输的人，想去你就去吧。"一句默默的鼓励，坚定了杨晓冰接受挑战的决心。

在第二税务所，杨晓冰仿佛找到了尽情施展自己的空间和舞台。她每天鼓足干劲儿，早出晚归、玩命地干，收税都快成了职业病。下班的路上，看见哪里新开了家店铺，第一个想到的就是通知在那片管户的，以防止有漏税现象出现。几个月之后，她凭出色的表现被提拔为副所长主持工作，第二年又被任命为所长。

当时全所共有5名干部，3位是女同志，平均年龄24岁，几乎全是刚考进地税局的新兵。看着一张张稚气未脱的脸庞，一种责任感油然而生：领导把这些"孩子"交给我，我必须严格要求他们，让他们茁壮成长，才对得住领导的信任。她给他们讲政策、讲规则、讲业务、讲方法，手把手地教，带着他们去实践、去收税，干中学、学中干。仅用了几个月时间，这些年轻的同志就已经能够独当一面了。

她带领全科同事，一户户走访，不断地向纳税人宣传地方税收法律法规，将一份份"缴纳地方税收须知"宣传单送到纳税人手中、张贴到管区的门市上，并将地税业务常识编成小卡片，由专管员随身携带，以便随时将存有疑问的地方查给业户们看，使纳税人对地税工作有了更深的了解。

二所主要负责东吉、北寿、新兴、山湾、向阳五条街道方圆100多平方公里的区域，内有近4 000个个体纳税业户。其中包括集贸大楼、联贸大楼、百货大楼、东吉市场、一条街、花鸟鱼市场等7个市场。辖区户数集中，行业多，不同行业定额不同，业主变动频繁。在工作的开展中，意想不到的困难接踵而至。

一次，在对某洗浴中心进行核定税额时，浴池老板一见到身着制服的杨晓冰就故意刁难："你们这些穿制服的往这儿一站就是找茬，别影响我做生意，赶快滚。"为了工作，她强忍着心中的火气和委屈，不卑不亢地同老板进行着解释和沟通，老板根本不听，随后就命人将她们往外拽。为了避免引起冲突，杨晓冰据理力争，业主见实在说不过去就提出只能留一个人在大厅的要求。正值酷暑天气，浴池内异味扑鼻、热气难耐，老板不允许税务干部坐在凳子上，还令服务员假装拖地、擦桌子挤兑他们。蹲点的税务干部几个小时站下来，浑身汗如雨下，几近虚脱。即使这样，他们依然整齐地装着制服，认真进行记录，直到完成典调任务。事后，浴室老板虽然很不情愿，但在事实面前，也只得无可奈何地按核定税额交了税。

四、临危不惧

在从事个体税收征收管理过程中，经常会遇到各种各样蛮横无理的业户，也要不断应对各种各样的危险情况。

一年冬天，在决定对一户欠税达半年之久，硬是不交税的饭店采取强制执行措施时，杨晓冰对其好言相劝："希望你们珍惜最后的机会，把欠缴的税款马上交了，否则我们将依法采取强制执行措施。到那时再想交，可就不仅得交税钱，还得交罚款。"任怎么劝，业主都表示坚决不交。待杨晓冰她们正准备扣押物品时，业主的女儿冲进厨房，手持尖刀跑了出来，高喊着："我跟你们拼了，看你们谁敢搬东西！"说着就拿着刀四处比划，不让税务干部搬东西。杨晓冰倒吸了一口凉气，上前劝阻道："你要冷静，不要冲动，我们这是秉公执法，你不要暴力抗税。"这时另一名税务干部杜斌上前夺刀，闪亮的尖刀从他的虎口扎过，鲜血直流。杨晓冰骑着挎斗摩托、冒着大雪陪他赶去医院缝了七针，晕血的她从医院出来时，已经虚脱了。

一个啤酒批发部，长期欠税、屡催不交，在采取强制执行措施时，还未等扣押物品，业主的母亲和妻子便每人操起一根棒子一阵乱打，待棒子被夺下后，又继续进行拳打脚踢。杨晓冰和所里的一名专管员都被打伤。

清理一条街时，有个卖日杂的女业主，拿起一把剪子就躺在了税务人员强制执行车的前面，任怎么劝解也不起来，疯了一样地喊着税务人员打人了，谁想上前她就挥舞着剪刀要捅谁，围观的群众里三层外三层。为了不引起群众的误解和情绪激化，在场的男同志谁都不能上前，杨晓冰和几个女同志冒着危险一步一步把她从车前拽走，才算将事态平息下来。

在对联贸一家男裤精品屋进行催缴时，男店主接过催缴通知单，看都没看就撕碎扔在了地上，指着杨晓冰的鼻子扬言道："你们地税算干啥的？收地皮税的？告诉你，这地皮是我花钱买的，在辽源没有个七梁八柱，谁敢开这么大的买卖。"几次催缴不成，杨晓冰上报局里，按规定对其采取强制执行措施。执行当天，再次劝其交税，店主依然态度蛮横地说："要税没有，扣东西不行。"刚要扣押物品，他就一声令下，召集了店里所有人，对杨晓冰和在场的另两位女同志大打出手。冲在前面的晓冰已记不清被打了几拳、踢了几脚，混乱中她看到瘦弱的张海丹被一下子重重地摔在了墙角里，年轻的王晓东秀美的长发被扯成一团乱麻。由于身着税服，她们只能躲闪、不能还手，直到公安人员赶来后才制止了这一场面。回到单位，晓冰看到大家的衣服领子破了，肩牌掉了，手上、脸上、脖子上已不知被抓出了多少条伤口，向来要强倔强的她再也抑制不住自己，流下了心疼委屈的泪水。

挨过骂、挨过打，也受到过恶狠狠的威胁，但这些并没有让杨晓冰退缩，重重困难只会让她变得更加坚强。

她在心中暗暗琢磨："市场管理中出现的问题这么多，难度大，责任重，一定要下大工夫才能解决啊！"针对市场特点，她确立了制定计划、分步运作、个个击破、先难后易的工作思路。集中全所人力，利用周六、周日时间集中下户，进行税法宣传、典调摸底，待情况摸清后，再根据不同行业确立税额。一户一户、一遍一遍，催缴通知单不知下发了多少次，必要的强制措施不知执行了多少回。她边干边学边总结，每次执行回来后，都召集大家认真进行总结，探讨哪个环节做得好，哪个环节疏漏了，有哪些经验值得借鉴，哪些教训应该吸取。平日里，她像大姐姐般爱护着所里的弟弟妹妹们，有时下户回来太晚，就亲自把女同志送回家，然后再独自走回家。

工作中，有时还会出现一些意想不到的群体性突发事件。有一次，东吉市场有五六十名个体户集体上访，说税额定得太高，要找局里反映情况。局领导派杨晓冰与税政科长一起研究解决的方案。杨晓冰决定同上访业户代表进行对话。对方选出了7个人。刚一坐定，杨晓冰便让工作人员给每个人倒了杯水，说道："我是二所所长，叫杨晓冰。你们有什么问题可以直接跟我反映，我能解决的一定给你们办。如果解决不了，我会如实向上级汇报。"她说过之后几个代表都不约而同地点点头。接着晓冰问道："你们都是业主吗？要想解决问题必须得是业主本人来，有些程序只有业主签字才能生效。"两个不是业主的听了，起身走了。随后她又拿出5张表格，说道："你们若认为税额定高了，那现在就可以在这张表上重新申报一下营业收入，报多少都行。但有一点，我们将会根据你们自行申报的营业额，重新进行典调，重新核定。如果核定的税额比现在的高，那就必须按照新核定的税额执行，大家要想好了，到时别后悔。"话一落下，又有两人走了出去。

此时就剩3个人在场了，杨晓冰长长地吸了一口气，刚要继续同他们讲道理，突然在场的一位老太太耍起了泼："我就是没钱，谁来也不好使，我是个疯子，就是不交税，看你们能把我怎么办……"说着就躺到了地上，连喊带叫。在场的另两名业户见状悄悄地走了。面对这种场景，杨晓冰镇定地对她说："你如果有困难，可以如实反映，若确实符合税收优惠政策，地税局会给予你相应减免的。如果你认为税额给你定高了，我们明天第一个就去你家典调。有事说事，你不能这样无理取闹。"经过一番软硬交涉，老太太被劝走了。第二天，税务干部们去她那里典调，一天未到头，她就服了，如数缴纳了税款。最大的钉子户解决了，市场上其他的纳税人见了，也都纷纷交了税。

经过近3年的努力，7个全部市场被理顺，税收秩序有了明显好转，税收收入有了保障。征管模式由最初的手工开票、上门催缴发展为微机开票，纳税人由管理之初的数次催缴、拒不交税变成了每月主动到地税部门申报缴纳。第二税务所的税收收入由1996年建所之初的75万元，达到了1999年的222万元。

五、不徇私情

作为一名税收执法人员，在生活中常常会遇到来自各方面不正之风的侵蚀，有时甚至要面对情感与原则的两难抉择。这是对每位税务工作者的考验。

1996年，集贸大楼发生了火灾，几百名业户受到了不同程度的损失，在善后处理中政府规定，根据业户的受损失程度，确定相应免税时间。有些业户虽然损失不大，但眼盯着免税时间长的，想缓交、少交税款。一次，杨晓冰在下去送催缴通知单时，一个业户看到就开骂："快把那张破纸拿走，我一看它就闹心，都不如我们用的卫生纸。"在巨大的压力和阻力下，杨晓冰领着所里的干部们拿着底单一户一户走，没白天没黑夜地进行清理核对，总算将税款如期收缴到位。这期间杨晓冰找到了也在集贸里经营布匹的小叔子和大姑姐，反复地动员他们，让他们带头交了税。

清理东吉市场初期，有一个卖粉条的业户，是杨晓冰的高中同学，家境十分困难，实在交不上税。知道她们关系的很多业户都在观望，看所长的同学交不交税。为了不影响工作开展，杨晓冰自己拿钱让所里同志开了完税证。其他纳税人见到这种情景觉得无话可说，也纷纷缴了税。

一次，一位交情不错的好友找到杨晓冰，想替一户拖欠税款的饭店业主求求情，好处自是不必说。面对那位几次在她有困难时总会慷慨相助的好友，杨晓冰心里犹豫了：帮还是不帮？好处她并不在乎，但多年的交情却令她难以开口拒绝。最终，理智的天平还是占了上风，减免税的口子绝对不能开。事后，她几次请好友吃饭、讲明道理和情况，终于赢得了好友的理解。

六、勇挑重担

2003年4月，杨晓冰被调到发票所综合科任科长，这对她又是一个新的开始和挑战。由于很多业务性知识不够熟悉，她每天早早就来到办公室，晚上常常最晚一个离开，利用一切业余时间上网查找资料，不断地学习钻研，很快就进入了角色。

2006年，经过竞聘上岗她成为发票所副所长。这期间她参与了清理作废发票、推广使用税控装置、税控收款机等工作，为我市取消手工填开式发票，全面推广使用税控盘积累了经验。

2007年，省局要求各单位对多年积压换版的票证进行作废处理，并要求具体核对票种、数量、代码、号码和每类价格。为了真实准确地反映作废发票的数量及损失金额，杨晓冰将十多年的作废发票全部搬到自己的办公室，与所里几位同事花了3天时间，起早贪黑地进行逐本核对、登记，最后核算出总金额18.7万元的各类发票。有些发票由于长年存放，已经腐烂发霉。她们戴着口罩、套袖、胶皮手套，强忍着发霉的呛鼻气味，一点一点仔细地查找、核对。当工作胜利完成后，由于长时间接触灰尘、霉菌，杨晓冰与所里的出纳员出现了严重的过敏反应。在家人的陪同下，每周她都要赶往长春做一次脱敏治疗，连续3个多月才治愈。

2008年11月，辽源市被列为全省地税系统推广税控盘的试点。时间紧、任务重、工作新、质量要求高，杨晓冰结合各方面意见和建议，提出了几项措施：一是在办税服务大厅建立纳税人自助服务区，以便于那些购置电脑和打印机有困难的纳税人，到大厅来打印发票，并为其提供人工指导、服务。二是建立"一条龙"服务。征期时，发票所会同管理局、征收分局、售后服务公司一起，现场进行集中办公，为纳税人一次性解决问题。三是全面认真地落实好国家关于纳税人购置税控装置的优惠政策，以减少纳税人负担。由于她们多次下户走访，准备工作充分，对出现的问题做到了及时解决，使得辽源试点工作顺利完成，得到了省局主管领导的肯定。2009年，辽源局的税控管理工作经验在全省进行了交流。

2009年3月，杨晓冰被调入到西安区地税局任副局长，她当年带过的几个兵也都走上了地税系统各个重要岗位，这让杨晓冰备感欣慰和喜悦。回首21年的税收生涯，吃过太多的苦，流了太多的汗，也擦过太多的泪，但杨晓冰从未后悔过。21年来，正是凭着对事业、对生活的这份热爱，她不断地迎接着一个又一个挑战，也实现着一次又一次的超越。

而今，春回大地、冰雪消融，在经历了暴风雪的磨砺后，她这枝报春花，正在地税广阔的天地里，伴随着春日的骄阳，尽情地绽放着。

一个女税官的追求

奋斗以求改善生活，是可敬的行为。

——茅盾

　　"大姐，我服了，经你这么一解释我就通了，今后我一定按政策交税，你啥时下户一定要来我店里坐坐啊……"送走了两个小时前还在这里吹胡子瞪眼的纳税人，越鸿霞坐回到椅子上，长长地舒了一口气，不听使唤的嗓子又哑了，她无奈地摇摇头，已记不清从事税收工作以来这是她第多少次化解这类纠纷了。此时，天边的一抹红云正在夕阳的照射下弥散开来，铺红了辽河西畔的半边天，望着窗外这绚丽的景色，越鸿霞笑了，与天边的彩霞相互映衬着，带给人一种暖暖的感动。她的思绪又飞回到了20年前……

一

1990年，21岁的越鸿霞从辽源商校毕业，被分配到了食品公司工作，终于能自食其力了，全家人真是替她感到高兴啊，是金子早晚会发光，付出终究换来了回报。两年前高考时由于志愿没选好，眼看着与自己考得同样分数的同学纷纷去了吉林财贸专科学校等大专院校，而自己却不得不去就读商校中专学校，越鸿霞的心里实在是不甘啊。当建筑师的父亲劝慰她道："人生不会总是一帆风顺，一时的得失也并不能决定一个人的一生，今后的路还很长，只要你能坚定信心、不懈地努力、追求，一定能干出成绩来。"在父亲的几番开导和劝勉下，越鸿霞心里的弯渐渐地转了过来，她下定决心，一定要迎头赶上，并且要做得比别人更好。在商校里她每天用功学习，为后来到食品公司工作打下了扎实的基础。

当时的食品公司由财政开资，待遇很好。越鸿霞被分到了业务科做业务统计，负责印制肉票、粮票、到下属工厂收管理费，她每天铆足了劲儿，干得热火朝天，对未来充满了希望。

然而，世事难料。1992年底，在改革浪潮的推动下，企业纷纷实行改制，越鸿霞所在的单位被正式划入到企业的行列中，财政不再拨款，完全自负盈亏，越鸿霞由原先的机关人员变成了在街上叫卖的商贩。为了能够开出工资、养家糊口，她跟同事们每天起早贪黑，将库里存放的货物搬运到市场上摆摊贩卖，一个人收款、一个人记账，晚上再将卖的钱汇总计算，看盈利多少，大家一起分，有时忙活一天下来就只能挣到几毛钱。眼看着公司的库存越来越少，卖的钱数也越来越少，日子过得越来越没有了奔头，到后来竟一分工资也开不出来了。

1993年底，食品公司彻底解体，人员分流，越鸿霞被分到了水产公司工作。这对于刚刚走入社会、参加工作不到3年的她来讲，打击无疑是巨大的。饭碗没了，也没人管了，前途一下子变得那么的渺茫。水产公司效益不好，老也开不出工资，为了节省资金，允许部分员工休长假，越鸿霞一休就是3年。面对着刚刚出生没几个月的儿子，曾同在食品公司工作的丈夫毅然选择了买断，自己干起了个体。为了维持生计，也为了给事业刚刚起步的丈夫减轻些负担，她在辽源一家房地产公司干起了兼职会计。

1995年末，水产公司重新将越鸿霞召回，将她分到财务科从事财会工作，同时兼任下设熟食加工厂的会计和出纳，一个人干三个人的活，但每个月的工资仅有187.5元钱，生活得很艰难。

1997年的一天，越鸿霞从朋友那里得到消息，辽源地税面向社会公开招录公务员，她内心亮起了一线希望，这是一次机会，更是一条生路。报完名、买来了专业辅导书，她便投入到紧张的复习备考中去了。从报名到考试只有27天的时间。

白天，她正常上班，一天也没耽误工作。晚上下班后，做饭、料理家务，将年幼的儿子哄睡后，她一个人静静地就着那盏散发着昏黄灯光的小台灯看书、学习。实在太困了，她就轻轻地打开清凉油的盖子，往太阳穴上抹一抹，或是用冷水洗两把脸。连续二十几天，她都熬夜学习到凌晨。一股强大的动力在支撑着她向梦想中的地税不断迈近，她知道，这是求得生存的力量，是生活给了她这个机会，她绝不会轻易地放弃。只有争分夺秒地看书、学习，才有考上的可能；惟有用尽全力，才能实现自己的目标。

功夫不负有心人，1997年12月，越鸿霞顺利通过考试，成为辽源市地方税务局的一名公务员。

二

1998年2月，越鸿霞正式上班，她被分到了城区分局综合业务科，负责政策法规宣传和税收征收管理两大块工作。第一次穿上向往了许久的蓝色税务服，鸿霞的心里真是有说不出的激动，她暗暗下定决心，一定要好好珍惜这份来之不易的工作，尽快进入角色、适应工作。为了掌握税收业务知识，工作之余她找有经验的老同志请教，又查找了大量的税收资料，一有时间就拿出来看、拿出来学。科里除了她就只有一位年长的科长，下户时，她看着科长如何与纳税人沟通、交流，用心地观察、学习，没用上几次就可以独立下户了。

在对文书进行管理时，越鸿霞把所有的征管资料都重新进行了规范，将分局自制印刷的表格统一按科室进行编码、整理，再将号段下发给各个科室，最后将各科所报上来的资料进行装订，并像保管企业里的账本一样放在档案夹中分类保管，一切都弄得井井有条，她们印制、保管的文书足足有六七十种。

1998年，个体户实行税额核定征收，这一新生事物推出后，引起了纳税人的普遍关注。如何将各个行业的税额定得准确到位，成了越鸿霞所在科室的一项重要工作任务。为了准确掌握营业额变化情况并及时调整税额幅度，她们针对不同行业，进行了大量的实地蹲点调查。

典调饭店一般要选在中午和晚上饭口的时间去，为此她们常常顾不上吃午饭，上午10点多钟过去，下午两三点钟结束，胡乱吃上一口东西，下午5点左右又要赶过去。有些烧烤类的饭店晚上往往是经营的旺季，她们就一直蹲点到半夜再离开。有时饭店老板害怕典调的营业额过大，就提前宣布收摊、不营业了。有些业主害怕税额会在典调过后有所提升，一看到越鸿霞她们下去，就用尽各种方式刁难、排斥，有时一边拿着菜刀剁肉馅、一边嘴里指桑骂槐地威胁道："我剁死你，让你总来，让你净来找事……"

一些规模较大的洗浴场所由于经营项目繁多，存在很多隐性收入，典调起来非常困难。她们就亲临现场，里里外外，时刻留心观察，有时在闷热的浴室内一待就是几个小时。为了拿到第一手准确数据，早上5点多钟越鸿霞她们就匆匆骑上车子，赶到浴池，在交接班之前将头天夜里经营的数据拿出来。红旗剧场附近有许多演艺类场所，经常是在晚上9点以后进行演出，越鸿霞就在9点之前赶过去，站在吧台一边守、一边记，一直站到晚上11点多。家里的事根本顾不上管，有时下班后刚把上幼儿园的孩子接送到妈妈家，就匆匆赶去一些营业场所开展税收工作。单位的领导、同事都交口称赞："咱们局这个新考来的公务员，人挺机灵，又能干，将来肯定有出息。"

作为综合业务科室，前勤每个科所在进行强制执行时她们都要跟着一同前往。一次，在强制过程中，女业主情绪特别激动，冲入厨房随手拿出3把菜刀，朝在场的税务干部抛来。菜刀飞过越鸿霞的身边，撞落到她的脚下。第一次见到这阵式，她的大脑顿时陷入一片空白，下意识地快速拾起3把菜刀，紧紧握在手中，生怕它们再次被失去理智的纳税人抢走造成伤害。事后，大家都夸她敏捷，反应快，可是这惊险的一幕却令她许多个夜晚无法入睡，至今回忆起来还是心惊肉跳。经历过这件事后，越鸿霞更加深切地体会到，作为一名税务干部，不仅要有不怕苦不怕累的精神，更要有经受威胁谩骂，应对突发事件的勇气和能力。

三

2001年，城区分局解体，越鸿霞被分到了龙山分局定额科工作。第二年5月，龙山分局机构改革，通过竞聘越鸿霞走上了管理五科科长的岗位，分管西宁、站前区域的个体工商户的税收管理。她管理的那个地段下岗职工多、农转非多，经济状况很差，纳税意识非常淡薄。为了顺利完成税收任务，她带领科里的同事一户一户地走访、调查，进行税法宣传、讲解，通过一次次的耐心沟通来提升业户们的纳税意识。下户过程中，哭喊苦穷的、撒泼耍横的、耍滑逃税的、威逼利诱的、出钱收买的，越鸿霞什么样的纳税人都见识了，什么样的情况也都碰到了。

一天，她带领科员下户催缴税款，在客运站附近有个小烧烤店，店老板拿过《限缴税款通知书》，看都没看就把通知书撕毁，不容越鸿霞跟他沟通，就将通知书团成团砸向她们，嘴里骂骂咧咧地吼道："别以为穿身皮，我就怕你们。告诉你们，今后，不仅我家的门你们不许进，我家门前十米以内你们都得给我绕着走。"纳税人的嚣张令在场的男同志气得直攥拳头，越鸿霞也感到自己的嘴唇在颤抖。可是她知道，这种时候必须要控制住自己和同事的情绪，不能让矛盾激化。于是，她强忍着委屈和怒火，将同事安抚着拉走了。

后来，她们又几次下去催缴，店老板仍是不肯交税，左右业户都以他为借口拖着不交，看看税务局还有啥招。为了维护税法尊严，越鸿霞上报分局，要求对其采取强制执行措施。执行当天，在公安机关的配合下，过程顺利地进行着。但当税务干部把小店用来经营的冰箱拉上车时，纳税人像疯了一样扑过来，指着越鸿霞的鼻子骂道："你给我记住了，我认识你，我能把别人钉在墙上，你也不比别人的骨头硬……"

三天以后，这名纳税人走进了越鸿霞的办公室。周围的同事都为她捏了一把汗，生怕这个蛮横的业主对她进行人身攻击。"我来看看我的东西。"一进门，他就恶狠狠地说道，随之在屋内转了一圈。越鸿霞静静地注视了他几秒钟，说道："大哥，你别这个态度。谁家门前不挂杀人刀，谁家酱缸也没腌几个人头。咱们有事说事，税务局是个讲理的地方，你如果始终用这种无理的态度，那什么问题也解决不了。"几句话把这个留着光头的纳税人给镇住了。见他态度有所缓和，越鸿霞把他请到沙发上坐下："大哥，近来生意好吗？""大妹子，我活得不易啊，早年在外地做生意，跟别人打架把那人钉在墙上，结果坐了8年牢。为了孩子我回来开了这么个小店，可是生意不好，孩子上初中又成天要钱，我心里真是急啊……""大哥，我理解你的心情，你为了孩子起早贪黑地经营这个小店，说明你是个有责任感的人，是条汉子。咱不管以前做过什么，现在靠自己努力挣钱养家，活得就有奔头。那么多辛苦都付了，不就是为了堂堂正正地做人，给孩子做个榜样嘛。既然咱做的是正经买卖，咱就得按国家法律要求交税，你有困难这我们理解，但给您定的税并不高……"一番诚恳的交谈下来，纳税人被彻底说服了、感化了，"大妹子，啥也别说了，我错了，我不是人，税款我补。但，你说的罚款我没有，我只剩20块钱。""50元钱的罚款是分局研究决定的，这还是考虑到你认错的态度和具体困难。这样吧，如果你实在承担不起，剩下的30元钱我来替你补。"说话间，越鸿霞带他来到窗口补交了税款和50元罚款。他拿着税票与罚款单领取了被扣押的物品走了。

第二天，越鸿霞走进办公楼时，看见一个身影来回张望，几乎与她同时进入了办公室，"越科长，我来还你钱。我在监狱里呆8年，对人没有好感。你拿我当人，我知道。我从不花女人的钱。"说着就把30元钱放在了她的办公桌上，转身往外走，到了门口，探回身说："妹子，谢谢你！哪天下户来店里坐坐，大哥那儿有茶水喝。"这之后每月他都按时主动交税，周围的几十个业户看他都交了，也就纷纷补缴了税款。

有家理发店，长期欠税不交，在对其执行强制执行措施后，越鸿霞发现那家男店主默默地跟了她们一路，强制第二家时他打车跟着，返回局里时他也跟着，中午去吃饭，他就在外面坐等着，总是用一种怨恨的眼神盯着她们看。后来，越鸿霞主动找他唠，才知道，他家里孩子生病、生活很困难，眼看着税务机关把店里新进的一套烫发设备给扣走了，心里很心疼。性格内向的他想不通，就一路跟着。越鸿霞耐心地劝导着他，向他讲明了税收政策。后来经过向局里请示，给予了他最低限度的罚款，补缴了税款和罚款后，他高兴地把完好无损的东西拿走了，并再也没欠过税。

有一家新开的小店，为了钻空子晚交税，越鸿霞下去时，店里卖货的就说老板不在。到了第二次，她凭经验判断，这个小店根本没必要雇服务员，这个人很可能就是老板。"你们老板在吗？如果不在，请把他的联系方式告诉我。""老板不在，我才来，没有他电话。""你们老板叫啥名？""我不知道，我只管干活。""那我在这儿等，你现在就去左邻右舍问一下，把他的联系方式要来。"越鸿霞坐在那里一直等了半个小时，纳税人终于撑不住了，"我就是这儿的老板。"之后他按照核定税额缴纳了税款。

一位对调税不满女业主，哭喊着跑到局里，躺倒在走廊上，任凭谁劝也不肯起来，一见到局长就扑过去，跪在地上拼命地磕头，情绪十分激动。越鸿霞主动上前和另外一名干部合力把她搀扶到办公室。整整一个上午，女业主哭闹着，几次坐倒在地上，一会儿糊涂，一会儿明白，越鸿霞几次把她抱扶到沙发上，一杯热水，一打纸巾，不嫌脏累地照顾着、劝慰着。终于女业主被说服了、感动了，她抓着越鸿霞的手，充满信任地说："大妹子，我下回来还找你。"

收税的过程中，越鸿霞也怕过、累过、委屈过，但心里的念头却一直没有变，那就是一定要尽心尽力、尽职尽责地为国家收好税。在她担任管理五科科长的三年时间里，连年提前完成税收任务，2004年，更是在10月份就超前完成了全年收入任务，获得了局里的奖励。

四

2005年3月，越鸿霞被调到龙山区局征管科担任科长。龙山区局管理着上万名纳税户，且税源分散、个体户籍比重大，这些都给她们科的工作带来了一定难度。

2007年，全省新征管软件上线，辽源地区的JTAIS网需要转网到省局域网。龙山区局的数据占了整个市区的80%。为了如期顺利完成转网任务，她带领征管科5名干部，一户一户地调整数据，并在事先从中选出10户做了一个测试调查，借以分析转网过程中可能出现的各种情况、问题，整理记录，并联系专业人员寻求解决对策。在此基础之上，她们仅用了20天时间就顺利完成了几十万条数据的转网，得到了市局的嘉奖。

这之后，还未来得及休息，她又投入到了税邮联合办税的任务中去，用了不到1个月时间，完成了3 234户的户籍清理、分发存折。随后又用了20天时间，完成了下岗优惠政策的落实、不足起征点户的检查、行业调幅三大项工作共计512户的蹲点调查。

在这近3个月的时间里，她没有休过一个完整的双休日，不知多少个夜晚顶着星辰回家。强烈的劳累令她患上了严重的咽炎，医生给她开出了闭声休息半个月的诊断，而她却怀揣着诊断，没有一天离开过工作岗位。爱人无数次地从医院打来电话催促她去做进一步检查，她却放下电话就又投入到了紧张的工作中去。

回首12年的收税生涯，越鸿霞心中无限感慨，苦辣酸甜一齐涌上心头，这其中，既有收税的苦和累，也有看到税款源源不断地流入国库的喜悦和欣慰。而再苦再累她都没有放弃自己对税收事业的追求和热爱，也正因为这份追求让她的人生不断地散发出绚丽的光彩。

漫漫税收路　悠悠爱乡情

人不能不热爱自己的祖国，但是这种爱不应该消极地满足于现状，而应该是生机勃勃地改进现状，并尽自己的力量来做到这一点。

——别林斯基

在白泉镇清河村住着一位家喻户晓的老木匠，他为人勤恳、厚道，加上手艺好，有什么活计乡亲们都很愿意找他来做。妻子是一位地道的农家妇女，朴实、善良，然而身体虚弱，常年患病。家里共育有5个子女，7张嘴就全靠他一个人做些木匠活养活。

1961年的一天，随着一声啼哭，一个相貌乖巧清秀的男孩降生到了这个家中，正赶上国家暂时困难时期，这第4个孩子的到来并没有给家人带来欣喜，本不富裕的日子因多了一张嘴而变得更为艰难拮据了。

清河水、乌龙山将孙锡森一天天养大，在青山绿水间他度过了自己快乐的童年。树上摘果、水里摸鱼，家乡的一草一木都给他留下了十分美好的记忆，也滋生了他对这方水土特有的眷恋和热爱。初中毕业后，父亲为了多找些活做，好给妻子治病、供孩子们上学，将村里那两间已经破旧不堪的房子卖了，举家迁到了白泉镇上。没有房屋住，他们就自己动手盖了两间茅草屋；没有粮吃，好心的邻居送来了两袋苞米棒，全家人把它当成了稀罕物，磨成面、熬成糊精打细算地吃了几个月。

贫寒的家境令孙锡森从小就养成了爱惜粮食、处处节俭的习惯，也令他立下誓愿，一定要通过自己的努力，改善家里的困境，改变家乡贫穷落后的面貌。知识改变命运，深知这一点的孙锡森在考入白泉二十五高中（现东辽一高）后，每天强忍着腹中的饥饿，起早贪黑、如饥似渴地汲取着精神上的营养。因成绩优异，他被选为了班里的数学科代表，老师和同学们都夸他是大学的苗子，将来肯定有出息。孙锡森在内心深处也怀着对大学的憧憬和梦想，更加刻苦地读书学习。

1979年，高考在即，母亲的心脏病突然加重，父亲也日益苍老，家里的日子越来越难。为了扛起家庭生活的重担，孙锡森无奈地听从了父亲的要求，放弃考大学，参加工作。7月，他眼含热泪，目送着昔日的同窗好友纷纷走进高考考场，他转身来到了白泉镇木漆厂工作。在这里，他从学徒做起，白天跟着厂里的师傅们虚心学习，晚上一有时间，就找些财会、文化类的书来读。父亲最大的心愿就是儿子能够子承父业，学好木匠手艺，养家糊口。但孙锡森对木匠活并不感兴趣，他喜欢数学、喜爱跟数字打交道，曾经最大的理想就是能考上一所财经院校，而今大学梦破灭了，但他对数字的兴趣却丝毫未减。没事时，他就找厂里财务人员探讨、请教些会计类的知识。

1982年10月，白泉镇政府财政所招干，孙锡森以第二名的成绩顺利考入财政所，成为了一名财政所的工作人员。

来到镇财政所，当上了征解会计，总算干起了自己喜爱的工作，孙锡森心里别提有多高兴了，干起活来充满了干劲。工作中，他主要负责契税、特产税、耕地占用税、农业税四项税种的征收。孙锡森先是认真地对一项项税收政策进行了学习和领会，然后他骑着车子来到各个村庄，挨家挨户地进行税款征缴。鉴于村民们纳税意识差，缺乏对税收知识的了解，甚至都根本不知道为啥还要交税，孙锡森就用通俗易懂的方式耐心地进行着税法的宣传和讲解。

在收税过程中，他细心地调查走访、详细地了解村民们的实际情况，对那些符合减免条件的纳税户，他总是认真地执行国家的政策法规，严格履行程序，及时办理减免手续，将优惠政策全面落实到位。

一年夏天，全县发大水，无情的洪灾给老百姓造成了巨大的经济损失。身为专管员的孙锡森，为了真实了解到村民们的受灾情况，连续3个多月，一清早就走出家门，穿上厚实的雨衣雨鞋，推着一辆破旧的自行车，艰难地行走在风雨交加、泥泞不堪的乡村土路上，深一脚浅一脚，有时一不留神就连人带车都栽进了水坑里。晚上他往往是打着手电，拖着又累又饿、疲惫不堪的身子回到家中，倒在炕上，还未等妻子叫他去洗漱吃饭，就已经呼呼进入了梦乡。他步履蹒跚地走遍了全镇19个村庄，挨村挨户进行实地调查、走访，与当地的村干部进行沟通、交流，并认真记录。看到地里的庄稼一片片的倒伏，化为乱草污泥，看到有的土坯房被无情的摧毁，孙锡森的心里像被针扎了一样难受，他忍不住留下了泪水。经过认真地考察核实，按照国家的有关规定，他为百姓们争取到了他们应有的照顾政策。

收税的过程中，他与村民们结下了深厚的感情。他真心实意地为老乡们着想，老乡们也都对他充满了信赖和感激，并理解了他收税的职责所在。21年来，在他管辖的区域里，从未出现过一次拖欠税款的情况，该交税的村民一分税钱没有欠过。国家拨付的减免税钱他也一分没给挪用过，尽管家境并不富裕，但孙锡森却从未想过私自占用老百姓的一分钱。

有一次，镇里财政紧张，想将上面拨下来的减免税钱拿去搞建设。无论是谁来跟他说，他都坚决不同意。最后，他直接找到了镇长："除非您把我调离这个岗位，否则这个钱我决不能让任何人动。我知道镇里现在有困难，但这是国家拨付给农民们的减免税钱，是老百姓的血汗钱，谁也动不得，请您理解。只要我还在这个岗位上，就必须坚持原则……"镇长被他的一番话感动了，也理解了他。

2002年，白泉镇财政所代表全省迎接国家中企处检查，检查人员随意走访了8个村，逐户排查，看完税凭证、票证是否完整，减免税落实得是否到位，检查过程中孙锡森所管辖的区域没有一户减免税出现差错，这种情况在全国也不多见，得到了检查组领导的一致肯定。

为了切实减轻农民负担，保持农村经济持续发展和社会稳定，2002年，国家在农村实行了第四次重大改革，即农村税费改革。这项改革要求基层工作人员必须做好税费改革测算工作，认真贯彻执行上级部门的相关规定政策。领导将这项工作交给了孙锡森负责。为了将其做好，他每天认真学习相关文件，遇到不懂的地方就及时请教主管领导和税费改革办公室，进行商讨研究。他跑遍了全镇19个村庄，与当地村委会、社员代表进行沟通商议。在准确了解了各村实际情况后，孙锡森进行了摸底、调研、测算，得出一个合理的、体现减轻农民负担的纳税额度。改革工作取得了初步成效。省级有关部门下基层实地验收改革成果时，他的工作受到了领导们的一致肯定。

税费改革过程中，要对耕地面积进行重新普查和丈量，普查结果出来后，镇里想留200亩自用土地。孙锡森找到镇长，讲明这个地不能留，一旦留下，就会使税款流失，也会给国家造成土地面积流失，属于违法，是要负法律责任的。在他的据理力争和严格把关下，镇里没有私自留用一亩地。

2003年9月，东辽县地税局机构改革。孙锡森通过笔试、面试、民主测评等多项考核，顺利考到了县地税局。

在当时的民主测评中，他以满票获得了领导、同事们的一致通过和认可，这让他感到很值得，也很欣慰。21年任劳任怨、勤勤恳恳的工作，孙锡森不求名、不求利，他只想踏踏实实地为家乡的百姓做些事。群众的认可，就是对他最大的鼓励和安慰。

来到县地税局后，孙锡森被任命为白泉农业税办公室临时负责人，负责征收白泉镇的农业税。当时正处在农业税征收改革阶段，由原来的按村征收、按村结算改革为定点定时、逐户征收，白泉镇农业税办公室为辽源地区的试点单位。为了把这次改革做好，他带领5位同事自行组织学习，探讨工作方法。每天他们早出晚归赶赴规定的3个收缴点征收税款。当一天的工作结束了，他总是最晚一个离开，将工作过程中遇到的问题，认真地进行总结梳理，并积极地思考解决对策。

下去征税时，审核、登记，全部都是手工操作。每天收缴的现金量特别大，由于没有专门的验钞机检验，为了防止收到假币，孙锡森专门找来了在银行工作的朋友，请他给大家讲解识别假币的相关知识。为了提高工作效率，工作之余他还额外练起了点钞技术。经过连续4周无休息的工作，他们圆满完成了全额收税任务。试点正常运行，改革取得了圆满成功。2003年，孙锡森被市局评为了"农业四税优秀工作者"。

2004年，国家取消了农业税，因为工作需要，孙锡森被调到了安恕分局任副局长。一开始领导征求他本人意见时，他也犹豫了，安恕分局离家太远，妻子生病、女儿刚上初中，家里又有两位年迈体弱的老人需要照料，他若去了那边，家里就顾不上了。但一想到这是领导对自己的信任，孙锡森毅然地接受了安排。安恕分局刚刚成立，是县局中比较落后的一个单位，面临着经费紧张、条件艰苦等一系列难题。为了尽快扭转分局现状，孙锡森决定从自身做起，把单位当家，有时工作太忙就干脆吃住在办公室，简单对付上一口饭，在沙发上睡一宿。为了减少单位开支，他还兼起了通勤车的司机。

在整顿个体税收秩序过程中，他坚持"拿下脸，动真格"。从小街道开始，逐户清理，无一漏管户。地方小、熟人多，一天，一个亲属中的长辈找到孙锡森，商议能不能少交税，他耐心地给老人讲解，告诉他必须得按照规定足额交税。可长辈就是听不进去，直骂孙锡森不讲人情，连这点小事都做不到，根本没把他放在眼里。为了不影响工作，孙锡森自己掏钱为老人交了钱，见此情景，老人更是生气地撂下一句："你这是纯心臊我呢，我不认识你这个忘恩负义的小子！"，说罢转身离开了。下班后，孙锡森亲自跑上门，向老人赔礼道歉，并耐心进行税收政策的讲解，直到老人理解了他。

在查抓漏征漏管户时，孙锡森了解到，有些个体户并不是不想办税务登记证，只是因为路途远，家里有买卖走不开，再加上对办理的手续不太懂，所以拖着迟迟未办。掌握了这一点后，为了便于个体户办证，他亲自来到各家各户，收取规定的工本费，指导他们填表，再将工商执照和身份证统一收上来，拿去县里复印，之后跑到办税大厅替他们把税务登记证办好，再亲自送到各家各户。经过一段时间的努力，辖区内的个体户100%全都办理了税务登记证，个体户们都夸口称道："你们税务机关这么做真好，早知道这么方便，我们早就办了。"

2006年3月，孙锡森被调到白泉分局任副局长职务，主管个体税收工作。工作面更宽了，责任更大了，肩上的担子也更重了。从未接触过计算机业务的孙锡森，来到新的工作环境，面对各种微机征管软件，他感觉自己就像个门外汉，连简单的定额多少、达点与否都看不太懂，急得他满嘴起大泡。单位的领导、同事看到了，都安慰他说："别上火，有啥不会的尽管说，慢慢来，一定可以学会的。"为了能够尽快胜任工作，40多岁的孙锡森开始系统学习电脑知识，他下定决心要在最短时间内掌握计算机应用技术。一到业余时间他就找出相关的书籍，按照书上的讲解一步一步地进行操作、演练，遇到不会的就去找同事请教，功夫不负苦心人，没用上两个月他就学会了电脑操作税收征管业务，并在考试中取得了优异成绩。

在主抓个体税收的过程中，对待每一位纳税户，孙锡森都有自己的原则，有困难的尽量帮助，但也要求纳税人必须严守税法、按规章制度办事。他是土生土长的东辽人，几辈子住在一个村里，亲戚套亲戚，低头不见抬头见，经常有人来找他办事。一次，有家新开业的商店，店主想要少定点税，就攀亲带故地找到孙锡森，说是想请他吃饭，被他谢绝了。后来又几次找到家里，硬要塞给他一个礼包，孙锡森看都没看就给他塞了回去："我一个穷苦孩子出身，见过的钱不少，但挣到的钱有数，每一分都是我工作所得，花得踏实。"

在对镇上的网吧进行征管过程中，有一户网吧，仗着家里有位当矿长的亲戚，硬是不肯交税："我在这儿干了这么多年了，从没交过税，你们别想从我身上收走一分钱。"专管员几次跟他沟通也不起作用，孙锡森得知情况后，领着几个同事来到网吧，向附近商店借了5个凳子，就坐在门口盯着："税收征管法并不是给你一家定的，我们也不是只收你一家的税。想要不交税只有一种可能，那就是你的营业额未达到起征点。从现在开始我们就进行蹲点典调，连蹲一周，看你的营业额到底有多少。"一直坐到中午，网吧老板实在撑不下去了，就主动补缴了税款，之后再也没有欠过税。

从事收税工作已有27年了，孙锡森始终默默地奉献在东辽这块生他养他的热土上。他爱这里的山，爱这里的水，更爱这里朴实善良的父老乡亲。生活中，他利用节假日时间，跑到孤寡老人家中帮忙干重活；工作上，他顶住各方压力、坚守原则，将减免税钱全部落实到户，将管辖的每一笔税款征缴到位、为地方经济建设服务。27年来，他用无怨无悔的付出、踏踏实实的奋斗表达了自己最真挚的爱乡情怀。

巾帼不让须眉

伟大的女性，指引人类上升。

——歌德

　　古有身挂帅印的穆桂英、替父从军的花木兰，革命年代有舍生取义的秋瑾、刘胡兰，改革时期有人民的好公仆任长霞，当代有被称为"中国铁娘子"的杰出政治家吴仪。古往今来，一批又一批杰出的女性涌现出来，她们谱写出一首又一首壮丽感人的诗篇。我笔下的这位女性，她没有惊天动地的丰功伟绩，没有轰轰烈烈的传奇故事，她只是一位普通的国家公务员，一位平凡的税收工作者，但她却立足在自己的岗位上默默地耕耘奉献了20余年。她叫刘桂梅，现任东丰县地方税务局办税服务中心主任。

一、勤学苦练

1992年，刚生下女儿满月的刘桂梅送走了一拨拨前来道喜的亲朋好友，将女儿抱在怀中，低下头轻轻地在小脸上亲了一口，随即将这个可爱的婴儿交给了母亲照看。从这天起，每天晚上，她都会雷打不动地准时来到书桌旁，认真地看书、学习，备战自学考试的最后几个科目。同在税务局工作的丈夫则会静静地守在她的身旁，默默地陪她一起复习着，有时见她学累了就走过去为她倒杯热开水，或是替她捏捏肩膀，看她遇到什么不懂的地方了，就一同探讨研究一番，互相鼓励着学习。刘桂梅坐在那儿，一学起来就忘记了时间，家人怕她太劳累，几次劝她早点去睡，她都嗯嗯地点着头，不肯去睡。就这样，一直坚持到考试，天天都是学到后半夜。

刘桂梅喜欢学习，也热爱学习，她渴望着通过继续深造来不断地提升自己。高考那年，以2分之差与向往中的大学失之交臂，成了她最大的一个遗憾。但扎实的文化功底令她抓住了人生的又一个机遇，1988年，高考过后没多久，刘桂梅得知了税务局要面向社会统一招干的消息。通过紧张的复习、备考，她顺利地考入了东丰县税务局发票管理所，成为了一名税务干部。

工作以后，为了提升自己，尽快适应工作，要强好学的她一边踏踏实实地干工作，从实践中学，一边报考了吉林省财税专科学校的函授班，仅用两年时间就通过自学拿下了大专文凭。还没等到毕业，她就又报考了长春税务学院的会计本科自学课程。

2003年末，刘桂梅被调到县地税局法制办任主任。由于党办的工作相对不是那么繁忙，在做好本职工作之余，她深感自己税收知识的欠缺，为了紧跟上地税事业的发展，进一步充实自己，她跑到书店，购买了一套最新的注册税务师备考专用教材，开始了又一轮艰辛的备考过程。

打报考之日起，刘桂梅每晚都坚持学习到后半夜，由于从未有过这么深的专业知识学习，很多地方根本看不懂，她就逼迫自己一遍又一遍地看、一点又一点地领悟，看得次数多了渐渐地也就通了。第一年她报名参加了其中的两科考试，等到查成绩时，听到电话那端传来的分数声——107分和103分，她简直不敢相信自己的耳朵，84分及格，从未想到只会下死功夫、用笨法自学的自己会考这么高的分，刘桂梅忙叫来丈夫帮着重新查了一遍，才敢确信。

从此，她更加鼓足了信心和劲头继续学习，第二年她报考了剩下的三科，顺利通过了两科。这时，刘桂梅被调到了办税服务中心任主任，由于工作担子的加重和业务的繁忙，她实在抽不出时间继续备考，最终因为3年时间所限，未能拿到注册税务师证。很多亲戚、同事、朋友都为她感到惋惜，觉得花了近3年的时间那么拼命去学，却没能拿到证，挺不值的，刘桂梅却说："付出终究会有回报。学习是一件很苦但也很快乐的事情，尽管没有拿到证，但通过这段学习让自己的业务水平有了一定提升，对实际工作起到了很大帮助，再辛苦也值得。"

"宝剑锋从磨砺出，梅花香自苦寒来。"经过不断地刻苦自学，刘桂梅在每次县局组织的业务考试中始终名列前茅，2004年代表市局参加省局组织的全省《行政许可法》竞赛活动，取得了优异的成绩。日常工作中每当遇到最新的政策法规时，她总是先自学，再给同事们讲解。每次局里组织考试，她都带领大家一起学习，向服务中心的姐妹们传授相关业务知识。她还将每周三下午定为办税服务中心的学习日，如果不是征期，就关门学习，组织大家学业务、学法律、学时事、学政策，还让每个人进行轮流发言，把一周内工作上遇到的所有问题都交流出来，一起研究、探讨，许多问题在讨论中迎刃而解，也为大家积累了宝贵的经验，为工作奠定了基础。

二、带队有方

2005年10月，刘桂梅来到县局服务中心任主任。她从自己20多年的税收工作生涯中，总结出了一套行之有效的工作方法。

生活中的桂梅是个细致、爱整洁、爱利整的人，到了中心后，她就先从改善办公环境入手，从最细小处开始做起，一项一项着手改善。先是将墙面重新粉刷了一遍，将大厅的办公桌椅进行了统一更换；又为每名窗口工作人员更换了液晶屏电脑；添置了便于纳税人咨询的电脑触摸屏；经请示安装了电子监控仪；她还亲自设计装饰了办税揭示板，并按照市局规定规范了每一项政务公开内容。几个月下来，办税窗口的整体环境得到了彻底改善。

　　由于在大厅工作的同志长期接触电脑，受微机辐射严重，一张张年轻小姑娘的脸上渐渐长出了痘痘、色斑，皮肤日渐粗糙，刘桂梅看在眼里，心疼不已。经向局里申请，给她们每人配备了一副防辐射眼镜和一台电脑辐射消除仪。冬天，她为干部们每天早上都订购了一杯热豆浆；夏天，大厅里的窗户打不开，空气不流通，养的花没过几天就枯萎了，连苍蝇都飞不了几天就闷死了，她就在窗户上安装了换气扇；女同志上班着装没地方换衣服，她就亲自动手设计，用帘子隔开，腾出了一间简单的更衣室；大厅人员长时间坐着劳累，她为大家更换了软底按摩式拖鞋。每当有同事过生日时，她都会亲自为其送上一束鲜花、一句真挚的祝福。

　　为了提高干部们的工作积极性，按照市局的规定，刘桂梅为每名在窗口工作的人员争取到了每月300元的工作补贴。尽管她自己绝大多数时间也都坚守在岗位上，甚至更加劳累，但却从未要过一分钱。

　　工作之余，为了提升干部们的综合素质，她精心组织开展了系列教育活动。每年她都会带领大家到监狱去进行廉洁自律教育，警示这些年轻的税收执法人员，定要用好国家赋予的权力，做到公正执法，提高自身守法守纪自觉性；再到部队看看军旅生活，开展革命传统教育，学习部队官兵们严明的组织纪律性、强烈的集体责任感和严谨的工作作风；此外，每年还会去一趟县里的工厂，体验一下工人们的劳动环境和劳动强度，令大家更加珍惜现有的工作，并设身处地地为纳税人着想、提升服务意识；在每年春种或秋收时，刘桂梅还会领着大家深入到农村，到农民家里去帮忙干农活，感受农民的生活。

2006年，全国妇联系统开展了"爱心献春蕾"的活动，募集资金以帮助家境贫困的失学女童重返校园。刘桂梅觉得这是一件很有意义的事情，便产生了一个成立"春蕾基金"、帮助贫困女童的想法。来到单位，她把大伙召集起来，征求大家意见，办税服务中心的16名干部一致赞成，都十分渴望为身边需要帮助的人做些事情。就这样，"春蕾助学基金"正式成立，每个月每人从工资里自愿捐出5元、10元、50元、上百元数额不等的钱，由专人集中管理，用以资助二实验小学两名家境贫困、又很好学上进的女童。刘桂梅并没有给大家限定具体捐款钱数，在她看来只要有这份爱心就足够了，具体捐多少可以根据每个人的经济情况来自行决定。滴水成渊，几年下来，捐款的数额已达到了近万元，至今这份爱心还在继续传递着。

三、甘苦自知

2008年的一天，刘桂梅经过再三犹豫，终于鼓足勇气"咚咚咚"敲响了局长室的门。局长见她欲言又止的样子，知道这不是她一贯的作风，肯定是工作上遇到了什么难处。刘桂梅忍了一下，终于下定决心说："局长，我请求您给我调换一下工作岗位吧！"局长心里一惊，怎么，刘桂梅又遇到什么难缠的业主，又受到什么委屈了吗？这个念头在他脑海迅速闪过。局长知道，几年来刘桂梅在服务中心起早贪黑、兢兢业业地干工作，所取得的业绩大家有目共睹，所付出的艰辛、努力、承受的委屈、压力，大家也都看在眼里、记在心上。如果不是遇到什么特殊困难，她一定不会主动提出这样的要求。

刘桂梅继续说道："工作忙点累点我倒并不在乎，但就是现在女儿上高中了，是学习最紧张的时候，我希望能给我调换一个稍稍清闲点的岗位，好能多抽出些时间陪陪女儿，只要等女儿高考结束了，让我再回来干多少年我都愿意……"刘桂梅说出了自己心中最真实的想法。是啊，这么多年，由于工作忙，对女儿始终无暇照料，女儿都上高二了，她却很少有时间陪她看看书、学学习，一忙起来就把她完全扔给了姥姥照看。此时80多岁的老母亲生病住进了医院，同在税务系统工作的丈夫也是一忙起来就实在抽不开身。她真希望自己能多空出些时间照料母亲、陪陪女儿啊。局长知道了她的难处，心中很是理解，但从工作的角度出发，还是希望她能继续留在服务中心："你在服务中心这个地方我心里更放心啊！"

望着自己耕耘奋战了多年的工作岗位，感受着领导对她的信任，想到了同事们一直以来对她的支持，刘桂梅也打心眼里舍不得离开这个和谐团结的集体，她坚定了留下来的决心。

在办税服务中心工作，既要做好对口市局税收服务科的各项工作，又要面对社会各界前来办税的纳税人，形形色色的人都会遇到。刘桂梅本人全面工作和具体工作都要做，有些工作她本可以不那么用心去做，但她都亲力亲为、尽心尽力地完成。

一次，有位运输司机前来办税，证件没有带全，办税人员耐心地解释，不是不想给办，只是软件要求特别严，必须得把证件带全了才能装进档案，希望他能理解。那人生气地走了。第二天再来办税时，由于软件出了故障，必须得找省里开发公司才能研究解决，当天无法进行办税。那人一听就火了，破口大骂，任窗口人员怎么解释，他都不听，硬是把年轻的女办税员给骂哭了。刘桂梅见了，走上前将那个蛮横的司机给劝走了，随后又轻轻地安慰、开解年轻的同事。

一天下午，由于业务不忙，刘桂梅正在组织大家打扫卫生，一个喝醉了酒的业户前来办税，因为晚申报了3天，需要罚15元钱。醉汉一再问为何要罚钱，任同事怎么解释也不听。正在整理报纸的刘桂梅听到了，就出面进行劝解："我们这么做是有法律依据的，并不是针对你一个人，对待所有的人都一视同仁。""你们有什么依据，拿给我看看！"醉汉横道。刘桂梅拿出了《税收征管法》，并将其中的相应条款指给他看。"不对啊，按这条款所说你们应该罚我2000元啊，怎么就罚15块钱啊！"醉汉紧盯住这一点，开始了无理取闹。"征管法上规定处以2000元以下的罚款，我们做出晚申报一天罚款5元的规定，主要是想通过这一点小处罚，提醒纳税人注意，一定要按期申报。这是局里根据实际情况定的，有申报率、违章率跟着，谁也不可以私自处罚或免于处罚。"刘桂梅耐心地给他解释道。"那我可得找局长去问问看是不是这样。"说着他就跑到了局长室，一见到局长口气全变了："你们办税人员不讲理，态度蛮横，硬是要罚我钱……"随后便对刘桂梅进行了恶意谩骂，在劝阻过程中又将她的税服衣袖扯掉了，刘桂梅被气得说不出话来，待情绪平稳后，她跟局长把具体情况说明了。有位同事跟闹事的醉汉是邻居，就替他先把罚款交了，回头拿税票跟他要的钱。

有一位老先生，曾因办税晚了被罚过款，借着酒劲跑到大厅来闹事，怎么劝也不走，一直拖到大厅人员都已经下班了，他依然赖着不动。副主任上前去劝，被他一顿骂。刘桂梅得知情况后打电话找到管他户的专管员，查到他家里电话，把他儿子找了过来，又花钱雇了个三轮车把他送走了。

一天早上，刘桂梅刚把文件收发好，下楼时看见一个老太太蹲在大厅门口的地上，不断地喘着粗气。由于自己心脏也不好，她猜想到老人家很可能是心脏病犯了。于是连忙走过去把她扶起来坐到了椅子上，又给她倒了杯温开水，待她缓和了一会儿，关切地询问了几句，得知她是从农村郊区赶过来办税的，刚下车就不行了，幸好被发现得及时，已经好多了。随后刘桂梅帮她把手续都办完了才送她离开。

2008年9月，刘桂梅的母亲因病过世，从生病到离开，她没有为此耽误过一天正常工作，都是晚上下班后匆匆赶到病床前，熬夜侍候、照看。几年来，办税服务中心不仅各项工作都做得很好，而且没有一处违法乱纪的行为出现。它先后荣获了省局"办税服务先进单位"，市局"最佳办税服务厅"，市级"十佳文明服务窗口"、"青年文明号"等荣誉称号。

四、秉公执法

"只有把制度健全了，才能做到真正的执法公正。"为了做到这一点，刘桂梅来到服务中心工作后，亲自带领大家修改、完善、制定了办税服务中心工作流程，使之更加具有可操作性。她还亲自制定了若干项服务性规定。为了加强监督，又推出了《服务十则》，设置了黄牌警告投递箱、纳税形象综合评议台。制定了代开发票审批表，严格手续，认真执行。

完善的制度为开展好工作打下了良好的基础，严格的程序也堵塞了工作上的漏洞，让说情的人无后门可走。起初有的专管员来说情，抱怨说没必要那么严格，可以适当放宽些。但刘桂梅依然坚决按制度办事，为此她得罪不少人。局长为了让大家能理解她的工作，在会上反复强调："现在这种做法是按市里要求办的，不是办税中心自己的行为，谁也不能违反，大家都要理解、支持。"通过她们的努力，申报晚的业户几乎没有了，税管员也都习惯了她的原则，很少有人再来说情。

刘桂梅有个叔伯姐姐，经营了一家发廊，由于到外地去办事，回来时超过了申报期，按照规定逾期不申报需要缴纳一定的罚款。办税时来找她说情："你知道，姐这人脸皮薄，之前一次都没有欠过税，也没晚申报过，这次实在是有事赶不回来，你跟手下人说说，别让我背个罚款的名声，传出去好说不好听，我还不能跟挨个人都解释是啥原因挨罚，别人不定怎么认为我呢！你帮我说说看，能免就免了吧，还不就是你一句话的事嘛！"刘桂梅知道姐姐说的是实话，也了解她的为人和脾性，但原则上的问题绝对没有动摇的余地："我们这儿有制度跟着，全部网上办公，不是我一个人说得算的事，少交一分都不行。"最终姐姐被她做通了工作，如数补缴了200多元罚款。

几年来，如果她不是这样严格执法，稍稍活动活动心眼，也许能多收入很多钱，但在刘桂梅看来，做人最重要的就是本分，家里条件好坏并不在这个，踏实工作、勤俭持家才是致富的根本。她不喜欢吃喝，对物质生活也没有更高的奢求，从未因为替人办事而参与过吃喝宴请。生活中她的原则就是：要懂得知足、懂得感恩，平稳过日子，把工作做好，把自己幸福的小家经营好，这就足够了。

一分耕耘一分收获。刘桂梅先后被评为2007年省局"优秀服务税官"，2008年省局"优秀服务个人"、"十佳服务标兵"，2006年被县局树立为全系统"爱岗敬业"勤廉典型并号召大家学习，2007年在全县百余名科所长评议中荣获总分第一名，并连年被市局评为"办税服务先进个人"。

税务世家育奇葩

正所谓无巧不成书。世上竟有这么巧的事：民国期间，她的爷爷曾在税捐局（税务局原型）当过多年会计；建国以后，她的父亲曾先后在东丰县财税局、税务局工作了十余年并走上领导岗位；改革初期，她的哥哥接父亲的班也进了税务局；1981年，她本人通过统一考试走进税务局，从一名普通的助征员一步一步成长为今天的地税局基层领导干部。工作以后，她又独具慧眼选中了同在税务部门工作的小伙子高海涛，两人志同道合、喜结连理，家里又多了一位税官。更巧的是，丈夫也出身于税务世家，公公是税务局成立之初的老领导，曾担任辽源市国税局的局长兼党组书记。一家三代，经历了近百年的税收生涯，共出了6位税官，她就是这个税务世家中培育出来的一朵奇葩——辽源市地方税务局直属局副局长王艳华。

在王艳华还是个孩子时，就受到爷爷和父亲潜移默化的影响，对税收事业产生了一定的了解和热爱。成长岁月中，父亲刻苦钻研的精神、严谨求实的工作作风、刚正不阿的为人准则、廉洁自律的为官原则，都在她的脑海中打下了很深的印记。

"爸爸回来啦！"小艳华一听到门外的自行车声就会高兴地跳起来，跑到门外去看，忙碌了一天的父亲一见到这个聪明伶俐的小女儿，就高兴地一把将她抱到怀中。懂事的小艳华接过父亲手中的包，替他拿进屋里，放到书桌上。"爸爸，你今天又给我讲个什么故事啊？"吃过晚饭，小艳华又开始缠着父亲给她讲故事了，她最爱听父亲讲早年走南闯北的经历了。"今天我给你讲一个上学时的故事，好不好啊？""太好了！"艳华高兴得连忙去叫哥哥、姐姐过来一起听。毕业于中央财经学院的父亲为了激励儿女们好好读书，绘声绘色地给她们讲了许多大学里有趣的故事，听得孩子们格外的入迷和向往。

为了培养子女们爱钻研的精神，只要一有时间，他就会给他们讲解一些有关税收和财政方面的知识，让他们了解税务机关的作用和职能，了解如何利用税收服务家乡、扶持企业搞建设。有时还会提出一些问题让他们思考和探讨。这些虽然小艳华还不能完全听懂，但却在她心中打下了深深的烙印。

家里厚厚的书籍、一沓又一沓的材料、父亲的税服、大盖帽，给四个子女留下了很深的印象。打那时起，小女儿王艳华便在心中埋下了将来一定要上大学、考财经学院的想法。"国家的兴旺发达离不开税收。"这是爷爷和父亲经常挂在嘴边的一句话,小艳华听在耳里,也记在了心里。每当有小伙伴诧异地问她:"你爸爸是做什么的呀,税务局是干什么的呀?",她就会骄傲地说:"我爸爸是在税务局收税的,有了税收国家才能有钱造汽车、造飞机、建大桥、盖大楼……"童年里,艳华最爱玩的一样游戏就是跟哥哥姐姐比赛打算盘,谁输了就罚谁,不到8岁的她算盘打得又准又快,比赛时总是赢得多输得少。

一年又一年,艳华渐渐长大,小学、初中、高中,她先后担任过学习委员、文艺委员、英语科代表和语文科代表,学习成绩在班里始终名列前茅。眼看着自己的大学梦一步一步就要实现了,没成想,就在哥哥高考过后的第四天,父亲参加单位组织的体检,被查出患了肺癌。这个消息就像一道晴天霹雳,砸在了一家人的身上。生活的希望被无情的病魔吞没了。

为了治好父亲的病,全家人节衣缩食,拿出了家里所有的积蓄,那是准备供儿女读高中、上大学用的钱,父亲不忍心动用,不愿意拿它接受治疗。母亲就不断地劝慰他:"你是咱家的顶梁柱,只要你把病治好了,咱就还可以继续挣钱、攒钱供孩子们上学,你若是不在了,我们可怎么办哪。"父亲一生清廉勤俭,昂贵的医药费令家里仅有的一点积蓄很快就用光了,母亲就四处找亲戚朋友借,想尽了办法,也没能挽留住父亲的生命,病逝时艳华还不到16岁,弟弟未满15岁。

父亲走了以后,一家人的生计就全靠母亲每月30多元的退休金和父亲的遗属补助维持。母亲在百货工作时,一次卸货过程中因出现意外砸伤了腿，无法再从事重体力劳动，30几岁就因伤患上了骨结核办理了病退，家里仅有的一点收入每月都要拿出一部分为母亲买药、看病。艳华每月都会准时来到税务局，领取每人18元的遗属补助，以此来供她跟弟弟两人上学之用。

1981年夏天，艳华正在全力备战高考，母亲回到家，轻轻推开门走进她的房间，默默地站了很久，当她学累了一抬头，正看见母亲站在旁边，眼睛红肿着，她连忙放下书本，把母亲扶到床上坐下，细心地询问是否身体不舒服，母亲动了动嘴唇，低声说道："妈考虑过了，像咱家现在这种情况，咱还是不参加高考了吧！"艳华听了，心里一颤，眼泪止不住地流了出来，自己每天那么刻苦的读书，为的是什么啊，别人想考可能都考不上，我学习这么好为什么就得放弃呀，上天凭什么对我这么不公平啊！边想边哭，趴在桌上不知哭了多久，当把所有的委屈都发泄出来后，她走到厨房，看见被病痛折磨得日见憔悴的母亲正在那里一边做饭、一边悄悄地抹眼泪，艳华的心被刺痛了。要是父亲还在该有多好啊！而今父亲不在了，为了担起家庭生活的重担，哥哥接父亲的班走进了税务局，刚一上班就在职培训走了，姐姐接了母亲的班到百货工作，每月十几元的工资仅够维持日常开销，家里还欠了那么多的债，16岁的弟弟为了挣出自己的学费，一到假期就跑到建筑工地去当搬运工，每天扛着重重的预制板一趟一趟地运，一天下来，手上、脚上、肩上全都磨出了血泡，回到家还很高兴地从兜里掏出挣到的1元3毛2分钱，让姐姐帮他数好、攒着。想到这些，艳华的眼睛再次模糊了，她擦干眼泪，下定了决心，放弃高考，早点上班，好挣钱供弟弟读书，减轻家里负担。

1981年9月27日，辽源市税务局面向社会招考助征员，王艳华顺利通过层层考试、审核，成为了东丰县税务局个体科的一名助征员。第二年，在全省组织的招干考试中，她又以优异的成绩考入税务局，成为了一名税务干部。

当上助征员的第一天，老股长刘延龄对一同考上的13个新人说道："干咱们收税这一行的，在社会上普遍不被大家认可，群众纳税意识差，收税过程中什么样的情况都会遇到。我只交代你们两条：第一，要做到纳税人打不还手、骂不还口，一定要耐心地做好宣传、解释工作；第二，保护完税证要像保护自己的眼珠一样，一旦它丢失，被人随意填写数据、钱款，将会给国家造成很大的经济损失。要记住，咱们是在为国家收税。"这些话都被王艳华牢牢的记在了心里。

18岁的王艳华第一次独立下去收税，她挨家挨户地走，一进门就询问："我是税务局的，来看看你家办理了税务登记证没？"问了几十户，嗓子说干了，腿也走酸了。到后来走进一家饭店时，习惯性地问道："你好，我是税务局的，来看看你们家办登记证没？"四十几岁的男店主坐在椅子上，翘着腿、见她是个怯生生的小姑娘，就皮笑肉不笑地戏弄着说："我没办登记孩子怎么生的啊？"王艳华窘得满脸通红，补充道："我是指税务登记证。""哦，那东西有用吗？税务是干什么的呀，我怎么还得在它那儿办登记证呢？"男店主不依不饶地纠缠道，王艳华解释了许久他才终于交了钱，补办了税务登记证。

"我是大学的苗子啊，为啥要在这儿受他们的气啊！"回家的路上，王艳华再也忍受不住，哭了起来，哭着哭着，她想起了股长说过的话，对，我只是在履行职责为国家收税，纳税人只是对税收还不理解，并不是针对我个人，她在心里不断地开导着自己。之后她又想到了妈妈和弟弟，想着自己终于可以挣钱养家了，心情渐渐好转了起来。

晚上回到家，母亲见她眼睛红肿的样子，问她怎么了，她简略地将白天遇到的情况和心里的委屈说了出来。母亲劝慰她道："没让你上大学妈一直心里很内疚，但这是家庭条件所限。虽然咱没能上大学，但只要你把工作干好了，也照样能有出息。你看看人家掏粪工人时传祥，虽然没啥文化，但肯踏踏实实为人民服务，照样能当上全国劳模；还有修脚工马玉英，就因为技术过硬，能在全国当劳模、当人大代表……"那晚母亲给她讲了很多通过自己努力而有所作为的例子，艳华都一一记在了心里，但让她记得最深的就是母亲那句叮嘱："妈不指着你有啥大出息，就希望你能脚踏实地把工作干好了，到啥时也不能给你父亲丢脸哪。"

管个体的过程中，由于定额核定的办法、措施还不够完善，最难的就是把税额定到让纳税人心服口服，为了做到这一点，王艳华总是会细心地琢磨、研究，想出一些独特实用的点子来。在对麻花行业进行摸底过程中，王艳华跟股长建议，直接找到麻花加工点，从源头上进行计算。她们股里一行几人凌晨2点就起床，在大街上挨家挨户地走，闻炸麻花味，走了好几条街总算把麻花加工点找到了，通过观察一共和了多少面、每一根麻花用面多少，以此来计算销售麻花的成本和赢利情况，这样一点一点就把全县麻花行业的底都摸清了。

在对一户卖豆腐和豆腐脑的小摊进行典调时，王艳华每天早早就起来，赶过去蹲点，卖一碗记一碗，连续7天，每天如此。后来她见卖豆腐脑的老大爷眼神不太好，每次数钱都很费劲，就主动提出替他捋钱、数钱，一分、两分、一毛、两毛，数好后再帮他存到附近的银行里。这样连续一段时间下来，每天的营业额摸清了，税额也由原先定的10元每月提高到15元，老大爷很高兴地接受了。

几个点的典调下来，底数摸清了，税额核定更加科学合理、符合实际了，东丰县的个体户纳税管理基本被理顺。1982年3月25日，因工作需要，她被调到东丰县局任出纳、打字员兼总务。到了新的工作环境，工作性质变了，但是她认真学习的劲头没有变，她不断地刻苦学习、认真钻研，努力地填补着自己业务知识方面的欠缺。她把父亲用过的那些书籍、资料都找来看。像她那个年纪的小姑娘本该是爱打扮、爱漂亮的时候，她每月发下工资，都全部交给了母亲，有时母亲给她点钱让她去买件新衣服穿，她出去逛了一圈，结果又是去书店买了几本书回来看。在学习中她渐渐对父亲生前常爱研究的财政、经济产生了很大兴趣。1985年7月，王艳华通过成人高考被四平财税职工中专学校录取。在学校里，她每天如饥似渴地汲取着老师传授的各方面知识，把它当成了一个弥补自己大学梦的绝好机会。

1987年，从财税中专毕业后，王艳华被分到了辽源市税务局城郊分局计财科工作，负责管理票证和收款，几年来从未出现过任何差错。怀孕期间，她没有耽误过一天工作，直到预产期的前一天还在坚持上班。生完孩子后的第56天，由于单位人手少，她就提前回到了工作岗位上。由于丈夫和公公也都在税务部门工作，尤其是公公身在领导岗位，她就对自己更加严格要求，从不因此而享受任何额外照顾，不让别人说出半个不字来。28岁那年，她因工作表现突出，被提升为龙山分局微机室主任。

1994年，国地税分设，王艳华被分到地税龙山分局计财科任科长，这一干就是十年。

税务计财是一个非常枯燥乏味的工作，要成天与报表和数据打交道。她每年要负责全局近3千万元税款的征收核算、12个税种的平衡分析、9个科所的计划下达和日常调度、4个收入级次缴库管理、5 000份税收报表的核算统计和10万份税收票证的归类核算和占全局收入80%的税源大户的日常监控管理，全年税收计划的执行所有参考数据都要来自她手。10年来经她手结算的税款有4亿多元，经手的现金有近亿元，从未出现过任何差错，被同事们誉为"万笔税票无差错"。领导们常说："有这样一位计财科长把关，抓收入情况清楚、心中有数，感到踏实、放心"。

每当收入工作进入到关键时期，她都要不断地跑国库，核对查验税款的收缴情况，及时搞调度分析，具体量化到每一个税种、税目。为了及时向领导提供真实准确的数据，她不分昼夜地加班加点。为了搞好年终汇算，连续多年她从未在家过过一个完整的元旦。儿子从小身体瘦弱，并患有高度近视，特别需要有人陪伴照看，但为了不影响加班，她只得三天两头就把孩子往婆婆家送。有次儿子生病住院打针，婆婆打电话想让她到医院陪陪孩子，她却实在抽不开身，等忙完工作赶过去时，儿子已经打完针，依偎在奶奶怀里睡着了。婆婆埋怨她说："就没见过你这样当妈的，再忙孩子有病你也得照看照看啊。"她摸摸儿子的额头，看见婆婆疲惫的样子，心中充满了歉疚。婆婆见她劳累，心中不忍，又叮嘱道："工作要紧，可身体也重要啊，你自己可不能累病了啊！"她感激地一笑。

从事计财工作十余年来，已记不清有多少次的加班加点，王艳华从未领过一分钱的加班补助。分局每一笔经费的拨出、使用，她都严格把好审核关，违反原则的事坚决不干。工作这么多年，经常会有朋友和同学找她开具发票，要求她给予税收上的照顾，并暗示给她不薄的好处，她都坚决地予以了回绝。

2003年，王艳华通过竞聘成为龙山分局副局长兼纪检组长，分管党务、教育培训工作，之后又到西安区地税局任副局长兼纪检组长，2009年3月被调到直属局任副局长。

经历过人生最艰难岁月的她清楚地知道自己每一步走来的艰辛与不易，走上领导岗位后，她更是时刻都叮嘱自己一定要好好珍惜和把握，要靠自己的努力踏踏实实走好每一步，绝不能给父亲、公公和自己的家族丢脸。工作中她对自己的要求近乎苛刻，对待他人却格外的诚恳、热情，周围的同事、朋友、邻居谁家里有了困难，她总是会热心相助。

近30年的税收生涯里，她先后多次被省地税局评为先进工作者，省局计会统报表先进个人，省地税财产与行为税先进工作者，辽源市地税系统优秀税务工作者、优秀共产党员、优秀国家公务员；2004年被省妇联评为"巾帼建功"先进个人。

爷爷、父亲、哥哥、公公、丈夫和艳华本人在先后近百年的时间里，都默默地奉献在不同的税收岗位上，从这个大家庭中培育出来的这朵奇葩，而今开得正美、开得正艳。

忠诚敬业铸税魂

6月末的一天傍晚，太阳下山了，地上的余热还没有散去，让人觉得酷热难耐。龙山区地税局的保安小王看看钟，快7点了，便扔下手中的扇子，到楼道里巡查。整个大楼里空无一人，只有一个房间的灯还亮着，小王知道，那一定是副局长李强的办公室，他没有过去打扰，悄悄地转身走了。在小王的印象中，李强是个12小时工作制的人，早上不到7点就来上班，晚上常常工作到7点才离开单位，天天如此，风雨无阻。

此时的李强，正忙得焦头烂额，已经是6月底了，市局布置的半年税收任务还差5万没有完成。他坐在电脑前，仔细地检查着每一户纳税人的税收完成情况，寻找税源。可从头到尾检查一遍之后，没有任何收获，李强皱紧了眉头。突然，他想到一户房地产开发商在6月中旬承包了一项100多万的工程，没有进行纳税申报，他迅速计算了一下该项的税款，有十几万，完成任务是没有问题了。他长出了一口气，揉了揉酸疼的眼睛，心想总算没有辜负领导的信任，没让同事们的希望落空，晚上也可以睡个安稳觉了。李强回家的时候，已经是晚上9点多钟了，皎洁的月光洒在大地上，璀璨的繁星在天空闪烁，凉爽的晚风吹拂着他的面庞，带走了他的疲倦，也把他的思绪带回了30多年前。

1974年，李强刚刚9岁，家住在郊区。父亲是柴油机厂的技工，后来患上了严重的心脏病，什么重活都干不了，厂里照顾他，就让他在门卫室打更，工作轻松了不少，工资也少了一大截。母亲是锅炉厂的工人，1个月忙忙碌碌的，也挣不了几个钱。李强上面还有1个哥哥、1个姐姐，3个人都在上小学。父母的工资都不高，又要供3个孩子上学，日子过得很艰难。虽说家庭条件困难点，家里的氛围却很和睦，父母结婚十几年了，没吵过一次架，什么事都是商量着办。3个孩子也很懂事，饭桌上偶尔有了什么好吃的，都是你让我，我让你，从没有争抢过，而且他们的学习成绩都很好，在班里总是名列前茅，让父母欣慰而又骄傲。左邻右舍也称赞他们说："你看人家老李那3个孩子，一个比一个懂事，学习成绩还好，将来肯定都错不了。"

然而就在那年冬天，突如其来的灾难降临了这个家庭，李强的父亲心脏病突发去世了。这对年仅9岁的李强来说就是一个晴天霹雳，他不敢相信父亲就这样离开了他，离开了这个贫困却又温馨的家庭，可事实总是那样残酷。望着遗像上父亲那慈祥的笑容，全家人抱在一起，泣不成声。邻居们在一旁叹息着说，这老的老，小的小，孤儿寡母的可咋活啊。

失去了家里的顶梁柱，生活的重担全都压在了母亲一个人身上，刚从悲痛中走出来，又开始为生计奔波。为了供养3个孩子，她又找了一份在饭店做面食的工作，这份工作的工资虽然不多，但好处是卖剩下的面食她可以花几毛钱买回家给孩子们吃。白天在工厂上班，早晚到饭店做面食，一天天累得喘不过气来。3个孩子里学习最好的哥哥小学毕业后就没再上学，到处干零活贴补家用；姐姐和李强年纪太小，干不了什么重活，就天天挎着一个小土篮子，到工厂去捡煤核，到后山去拾干柴，到菜地里捡一些别人不要的白菜帮子、土豆纽子，虽然不值几个钱，但多多少少能减轻一些母亲的负担。家里常年吃的都是白菜土豆，只有在夏天青菜最便宜时，才能吃上新鲜蔬菜。过年的时候，母亲买了一小块肉，给孩子们包了点饺子，自己一个都舍不得吃。后来，父亲的厂子看他们生活得实在困难，就给3个孩子每人每个月8元钱的补助。哥哥17岁的时候接了父亲的班，到工厂去干活，可是因为长期营养不良，个子长得很矮，面黄肌瘦的，领导没让他下车间，把他分配到办公室去当通讯员，有了这份稳定的工作后，家里的生活改善了一些。

哥哥失去了继续读书的机会，就把希望寄托在李强身上，对李强的学习非常关心，盼他能考上大学，圆自己的一个梦。可李强却想早点参加工作，挣钱养家。1984年10月，正在读高中的李强听说税务局要招干，便和家人商量着要去报考。哥哥不同意他放弃学业，劝他说："你年纪太小，干不动活，应该继续念书考大学。"李强说：
"哥，咱家啥条件我心里有数，我就是考上了也念不起。
再说你也要结婚了，处处都需要钱。我现在19岁，已经不
小了，也该为家里尽点力了。"哥哥拗不过他，只得答应
了。

李强非常重视这次招干考试，在考前的一个月里，他
天天都学习到深夜，困了就拿湿毛巾擦擦脸，饿了就啃一
个冷馒头，不愿意浪费一点时间。母亲见他学得太拼命，
怕他的身体吃不消，劝他多休息一会，他笑着宽慰母亲
说："妈，没事，我身体好着呢，还有十几天就要考试
了，不多学点我心里没底啊。"有付出就会有回报，李强
顺利的被税务局录取，成为了一名税务干部。

考入税务局后，李强没有太过喜悦，他深知这份工作
来之不易，所以十分珍惜。为了能更好地进入角色，岗前
集中培训时，他每节课都认真听讲，记录笔记，努力充实
自己。当时的学习环境比较差，一个寝室要住8个人，下课
以后，喝酒、抽烟、打扑克、侃大山，闹闹哄哄干什么的
都有，李强不受他们影响，在寝室里书不离手，温习学过
的税务知识。有时候那几个人打扑克不够手，想叫上李强
一块玩，可他总是微笑着说："我不会。"有的人不理
解，问他："哥们，你现在是税务干部了，手里端的是铁
饭碗，谁也打不翻，还学啥啊？"他笑笑说："我刚出校
门，啥都得学，你们基础好不用学，我不学不行。"在半
年的培训时间里，李强从没放松过对自己的要求，每次考
试他都名列前茅。同学们见他学习起来什么都不顾，在家

里排行又是老三，都开玩笑的叫他"拼命三郎"。

培训结束后，李强被分配到直属税务局当专管员，负责十几户建筑施工企业。他原以为这项工作很容易，自己在岗前培训时业务知识学得很扎实，不就是收个税嘛，这还不是小菜一碟，可是在实际工作中，他发现不是这么简单。一次，李强和一位老同志到企业去查账，他认真检查了企业的账本，没发现什么问题就要还给会计。这时，老同志给他递了个眼色，指着账目上的原材料运输费一项对企业会计说："这项不正常吧，原材料的运输费哪有这么贵，而且这日期也不对啊，月初开始施工的时候，原材料就已经运到工地上了，月底怎么还有运输费啊？"企业会计被问住，拿起账本看了半天，说："啊，是我弄错了。"于是重新计算了税额，补交了少交的税款。在回单位的路上，老同志对李强说："小伙子，想把工作干好光靠书本上那点东西可不行啊，和工作相关的东西都得了解，都得用心去琢磨。企业都想少交税，千方百计的在账目上做文章，要是看不明白，得损失多少税啊，那可都是国家的钱啊！"听了老同志的话，李强既佩服又惭愧，佩服的是老同志的工作态度和业务能力；惭愧的是自己的业务水平还差得太远。李强暗自下定决心，一定要把业务拿起来。从那时开始，他养成了早上7点钟上班的习惯，打扫完卫生就开始钻研业务知识，晚上回家后，也经常学习到很晚。在钻研理论知识的同时，他还非常注重理论和实际的结合，在实际工作中积累经验，虚心向老同志请教。为了进一步充实自己，李强进修了吉林财税专科的大专。参加工作不到3年，李强就成了局里的业务骨干。

1994年，国地税分家，李强被分到了地税。很多人对他说，你业务能力这么好，怎么不想想办法留在国税呢，肯定比在地税强。李强不那么想，他说，国税地税都是为国家工作，哪需要我，我就去哪里。在地税踏踏实实地工作了5年后，1999年李强被提职为检查科科长，负责局里几百户纳税人的税款查补工作。因为任务非常繁重，加班加点对李强来说是家常便饭。一次，李强到三百货附近的一家企业查补税款，由于工作量大，查完已经是晚上10点多钟了。出门时，李强一脚踩空，摔倒在地，眉骨重重的磕在了台阶上，顿时鲜血直流，赶到医院缝合了伤口血才止住。医生建议他在家里休息三到四周，拆线了再去上班，可他放不下工作，仅仅过了一周就带着尚未愈合的伤口回到了工作岗位上。同事们被他的精神打动了，都称赞他说，拼命三郎真是名不虚传！

2000年，直属局内部岗位轮换时，李强被调到办公室任主任。一直以来都在前勤工作，李强对办公室的业务一点也不熟悉，刚开始有些手足无措，工作进行得很不顺利。税收宣传月时，市局要求必须把税法宣传落实到每户纳税人，并在纳税人从事生产经营的场所粘贴税法宣传单。李强按照局里的要求，组织几个同事挨家挨户的进行粘贴，可是有的纳税人嫌税法宣传单碍眼，李强他们刚走就把宣传单撕了下来。市局检查时，发现不少纳税人没有粘贴宣传单，批评李强工作不力。他只得再过去粘贴，可没过几天又被撕下来了。因为这件事，李强被领导批评了好几次，可他没有心生不满，消极怠工，而是积极的做纳税人的思想工作，赢得了纳税人的理解，后来粘贴的宣传单一张也没被撕下来。

2002年，李强通过竞聘提职为办税服务中心副主任。办税服务中心是地税局的窗口单位，一举一动，一言一行，关系到地税局的威信和形象。因此加强全体员工的职业道德教育，构建和谐的征纳关系，具有非常重要的意义。李强要求同志们在日常工作中做到"四心"，即接待业户热心、处理问题细心、解释政策耐心、接受意见虚心。李强还借鉴其他地区的先进经验，在办税服务中心实行了"一窗式"服务制度和"首问负责制"，为纳税人提供了优质、高效、便捷的服务。

熟悉税务工作的人都知道，办税服务中心的工作非常辛苦，尤其是那些在窗口办理业务的同志，一天工作下来腰酸背痛，头昏眼花。为了减轻这些同志的工作压力，李强常常组织乒乓球赛、羽毛球赛、演讲比赛等文体活动，让同志们在紧张的工作之余能放松身心，缓解疲劳。节假日的时候，他把休息时间让给其他同志，自己和其他几位领导到窗口为纳税人办理业务。

2005年，李强被调到龙山区地税局任副局长，主抓税收征收工作，责任重大。李强全身心的投入工作，掌握户籍情况、挖掘税源、分析税收进度、组织税款入库、解决各个环节中出现的问题，对于重点企业的经营情况、税收专管员的工作情况他都了然于胸。他还经常与分局科长针对工作问题进行研究和探讨，有时争论得面红耳赤，在他面前谁都敢说话，有啥说啥，在争论中统一了思想，增进了友谊。李强没把自己定位为坐在办公室里的指挥官，他经常带领干部深入企业调研，在工作上有韧劲、好较真，遇到困难，不推诿、不扯皮，而是认真的进行协调解决，企业不配合时，他耐心地讲解，一次不行两次，两次不行三次，逐渐取得的企业的理解和支持。

李强是主抓收入的副局长，手里握的是实权，在外人看来是呼风唤雨的人物，求他办事的人很多，可他一直坚持着原则，从来不乱开口子，他不让别人办的事，自己带头不办。有一次，专管员反映有家饭店连续几个月没交税了，对专管员下达的《催缴通知书》不理不睬，态度恶劣，想申请强制执行。李强听了饭店的名字心中一惊，这是他一个朋友的店子，怎么这么长时间没交税呢？李强和其他几位同事赶到现场，了解到朋友出门在外，让弟弟管理饭店，他的弟弟是个小痞子，蛮横得很，跟他说什么都听不进去，就是不交税。没有办法，李强依法对其采取了强制措施，开始搬东西。这个痞子弟弟一看，慌了神，马上给出门的哥哥打电话。哥哥知道后，打电话找李强求情，李强向他解释说，扣押东西是税务局依法采取的措施，一定要执行，把税款补交上，东西就可以拿走。朋友见李强一点都不肯照顾，愤怒地挂上了电话。李强心里也不是滋味，可法律就是法律，任何人都不能触犯。他苦笑了一声，接着搬东西。

在龙山地税工作了3年多，李强没有休过一次假，甚至周六周日也很少休息。单位组织全体干部去扬州学习，他因为工作太忙，一窜再窜，直到最后一批才去。他身在扬州，心里牵挂着单位，每天都打电话到局里了解情况，指挥税收工作。

从税25年，李强从当初的毛头小子成长为独当一面的基层领导，为税收事业付出了自己宝贵的青春。组织给了他应得的荣誉，他连续多年被市局评为优秀公务员，2007年被龙山区政府评为劳动模范。在这25年里，李强成长了许多，改变了许多，可是始终没有改变的是对祖国的忠诚和对税收事业的热爱。

小草无言铺新绿

爱国的主要方式，就是爱自己从事的事业。

——谢觉哉

　　没有花香，没有树高，我是一颗无人知道的小草——这是西安区地税局副局长刘威很喜欢的一首歌，他常说自己就像那颗小草一样，不求成为人们眼中靓丽的风景，只希望自己能为灿烂的春天默默的贡献一份生机。

　　刘威是幸运的，不像他的父母，一出生就挨饿，读书时不上课，毕业后就下乡，回城里没工作。他一出生，国家已经结束了武斗，上学时，又赶上教育恢复了正常。父母没赶上好时候，就把自己的大学梦寄托在了儿子身上。

　　刘威不到7岁就上了学，他生得壮实，比同龄孩子高半个头。他虽然皮肤不白，眼睛不大，言语不多，但是生得聪明伶俐，再加上父母管教的比较严格，他在班里学习成绩一直很好。

然而，他也有不走运的时候。从小就很懂事的刘威，知道父母将他养大不易，更理解他们望子成龙的殷切期盼，从来不敢放松自己。在高考前的半年时间里，他每天都学习到深夜。由于过度劳累，再加上感冒，在高考的前两天发起了高烧，最终以两分之差与他的理想中央财经大学失之交臂，考入了吉林化电学院。看见当初相约一起考中央财经大学的几个好朋友坐上火车去上学，他背过身抹去夺眶而出的眼泪，紧紧地握住了拳头。

一

1990年毕业后，他被分配到了吉化公司辽源石油化工厂，成了一名普通的技术员，他心里不服啊！父亲看透了他的心思，拉着他的手说："孩子，咱就认命好好干吧，七十二行，行行出状元啊。"他重重地点了点头。

厂子里来了大学生，领导很重视，安排有经验的高级技工张师傅带他。张师傅其貌不扬，五短身材，花白头发，塌鼻梁，眯缝眼，黑黝黝的脸颊，脏兮兮的衣服，嘴里时常带着一股酒气，刘威一看就灰了心，这样的人也能成高级技工？张师傅虽然不修边幅，但一谈起车间里的各种电器就立刻眉飞色舞，就像说到了自己的孩子一样，装配、运转、维护、修理各项环节无所不通、无所不晓，脑子里面好像刻着一部电器知识百科全书。刘威这才知道理论知识和实际工作还有相当大的距离，他心里服气了，虚心向张师傅学习。老师傅教得热心，徒弟学得虚心，两人处得非常和睦。张师傅也很得意能有这样一个好学上进的徒弟，竭尽全力地帮助他，毫无保留地传授各项技术。刘威成长很快，两年后提前晋升为助理工程师。

为了提高企业的后续发展能力，厂里决定对氯碱车间的变电所进行全面改造，派张师傅与刘威到机器生产厂家购买设备。为了给厂子节省经费，一路上他们省吃俭用，平日里杯不离手的张师傅在出差过程中竟没有喝过一次酒。师傅的一言一行刘威看在眼里，记在心中。在选购机器的过程中，他们跑遍了辽宁阜新、河北保定等地的生产厂家，对几个厂家的设备认真比对、仔细考察、反复测试，最后花了最少的钱，买进了最先进的电解槽设备及其配套器材。回到厂里，刘威顾不上旅途的劳顿，就和工人们一起进行安装调试工作，领导称赞他说：小伙子素质不错，是块可塑之材！工人师傅也非常认可他，都说：咱这个大学生挺不错啊，有文化，还能吃苦。

1996年，厂里的变电设施逐渐老化，已经跟不上生产发展的需要。如果不进行增容，上不了新项目，厂子发展没有后劲。厂领导决定进行增容。刘威知道后，找到厂长说："如果领导相信我，就把这个任务交给我吧，我保证顺利完成！"刘威的主动请战正合厂长之意，他的技术、能力和工作态度也一直为领导所信任，于是就把这一重任交给了这个只有26岁的小伙子。

在设备改造的20多天里，刘威吃住在车间，一门心思放在工作上，一面指导工人进行零部件的安装，一面自己动手对上万个接线头逐一检验，确保工程的安全进行。加班加点成了家常便饭，连睡一个囫囵觉都成了一种奢求。在工程进展到关键时，他连续两夜三天没有合眼。终于，原本需要两个月才能完成的任务二十几天就一次性试车成功，投入生产，工人们兴奋地把刘威抛在空中，一次又一次……

这项工程得到了领导和同事们的称赞，获得了吉林省总工会的"技术创新奖"，厂里还奖励了刘威800元钱。同年，26岁的刘威被破格提拔为电气工程师。

凭借着自己积极的努力，不懈的奋斗，刘威在热火朝天的车间里，在朴实无华的工人中，找到了自己位置，实现了自己的价值。只是有些时候，当他下班回家仰望星空时；当他手握图纸静静思索时；当他辗转反侧难以入睡时，那个年少时从事财经事业的梦想往往会闯入他的脑海，久久难以平静。

二

1997年11月，刘威在报纸上看到了辽源市地税局面向社会招干的消息，短短的几行字点燃了他深埋多年的梦想。于是，他作出了一个惊人的决定，他要离开工厂，报考税务局。工友们不理解说："你脑子有病啊，你现在的工资比税务局多一倍还不止，费劲考那个有什么用？"厂里的领导也不理解说："刘威啊，你现在年纪轻轻就已经是电气方面的骨干了，将来的发展前途远大，为什么要去考公务员呢？"

面对别人的不解，刘威没有费力去解释。只有他贤惠的妻子理解他，支持他，鼓励他好好复习，努力考上。在12月份的考试里刘威以优异的成绩考入了辽源市地税局，被分配到稽查局工作。

初来乍到的刘威税务知识方面是个地地道道的门外汉，为了让他尽快地适应工作，单位安排刘秉德、王金国两位经验丰富的老同志带他。两位师傅的工作风格不同，刘秉德性格豪爽，办案时大刀阔斧、雷厉风行；王金国性格谨慎，查账时耐心细致、和风细雨，两个人同在一个办案组，配合默契、相得益彰。一次，刘威跟着两位师傅下到企业去查账。初步看了看账簿后，刘秉德三言两语向会计指出了账目中存在的问题，并立即要求会计进行补税。会计认为自己的账目没有问题，不愿意调整税款。这时，王金国站了出来，他把账本里的问题指了出来，逐条向会计解释，详实的数字、充分的依据、思路清晰的解答，让会计心服口服，重新调整了计税依据，补交了应交的税款。

两位师傅高强的业务能力让刘威十分敬佩，他决心一定要把业务学好，做一名合格的地税工作者。于是，刘威白天跟着师傅查账积累工作经验，晚上挑灯夜读学习税法知识。那时他的孩子只有3岁，正是调皮的时候，一会抢去他手中的书本；一会缠着他讲故事；一会在他刚刚买来的资料上画"地图"，只有在孩子睡着后，他才能安心学习。在一年左右的时间里，他熟练掌握了税收政策、法律法规以及相关业务知识，可以独立工作了。

2000年4月的一天，刘威接到举报，反映某纳税人有偷税嫌疑，便立刻赶到该企业进行调查。这是他独立工作后的第一个案子，想开个好头的刘威对账目检查得格外仔细，很快就查出了其中的几处问题，于是便拿出《纳税检查表》要求企业老板填写。谁知那位老板竟然拍案而起，大发雷霆，指着刘威的鼻子大骂："你是来找茬的，还是来勒我的？这么多年我的账就是这么记的，怎么别人查没事，你一来查就有事？什么他妈破表，我不填！"说完一招手，叫进四五个保安来，要把刘威往出赶。刘威强压住心头的怒火，对那位蛮横的老板说："我是按照国家的法律正常执行公务，如果你认为我有什么问题，可以向我局的纪检监察部门反映，但如果你拒不接受检查，甚至是暴力抗税，会有什么后果你比我更清楚！"然后，把账目中存在的问题逐一向老板说明。在事实面前，那位老板说不出话了，狠狠地盯着刘威足有一分钟，嘟嘟囔囔地在《纳税检查表》上签了字。后来，刘威的一个朋友来给那位老板说情，刘威斩钉截铁的拒绝了，他对朋友说："这件事没有任何商量的余地，违反税法就必须接受处罚，我是在照章办事希望你能理解。"几天之后，那位老板不情愿地补交了税款和罚款。

2001年，刘威凭借出色的表现，经过全省选拔入选国家稽查人才库，多次被省局抽调查处大案要案。2003年5月，正是"非典"病情在全国蔓延的时候，辽源市地税局接到举报，反映辽源市对外经济技术合作公司有偷税行为，局党组决定成立专案组对该公司进行调查，刘威是专案组中的骨干力量。在对该公司的会计进行询问时，发现此人高烧不退，带有类似"非典"的症状。刘威和同事们没有被吓倒，而是在采取一定的保护措施后，以大无畏的精神继续调查案情，在配合公安机关全力奋战十几天之后，终于查明了该公司的各项违法事实。该公司的法人代表被判处12年有期徒刑，这是辽源市第一个因企业涉嫌偷税而被判入狱的法人代表。那个让大家提心吊胆的会计，经医院诊断后，发现只是重感冒，虚惊一场。

三

2006年2月，刘威通过竞聘，当选为稽查局副局长，分管稽查一科和办公室工作。责任大了，担子重了，刘威的工作也更忙了，既要处理税收宣传、新闻报道、督查督办等日常事务，又要帮助稽查人员协调在工作中出现的各种问题，一天天忙得不可开交。家人劝他别太拼命，怕他累垮了身子，刘威说："没事，工厂里那么累都挺下来了，这点辛苦算啥，我是副局长，不以身作则努力工作，怎么对得起领导的信任啊！"

2008年3月，市局决定成立"矿业集团专项检查组"，对矿业集团下属的18家企业进行专项检查，刘威被指派为检查组组长。他明白这项工作的重要意义，不敢丝毫怠慢，第二天便带领4名同事赶到梅河煤矿进行检查。企业会计把他们带到自己的办公室，指着桌上厚厚一摞积满灰尘账本幸灾乐祸的说："看到没，那就是我们单位这几年的账本，我都给你们找出来了，你们慢慢查吧。"说完转身走了。几人一看，都吃了一惊，心想这么多账本，还不得检查到猴年马月去啊！没有别的办法，只能加班加点的干。他们每天早上6点半从单位出发，晚上常常工作到7点才能回家，仅用12天就查完了这家企业的所有账目，查清了所有的涉税问题，连企业的会计都很惊讶。

另一家企业金宝屯煤矿，位于内蒙古自治区的科左后旗。正如古诗中形容的那样："天苍苍，野茫茫，风吹草低见牛羊。"科左后旗的景色非常秀美，可大家都没心思旅游，心里惦记的只有工作。在一周的时间里，他们几乎连企业大门都没出过。查完所有账目后，累得疲惫不堪，已经没力气旅游了。

在检查这18家企业的过程中，他们吃了很多苦，挨了很多累。为了便于工作，检查组经常在密不通风的档案室里办公。到了夏天闷热无比，让人喘不过气来，坐在里面一会儿就是一身汗，一天下来，身上都发馊了。同事们查了几个月的账，一看到账本头都大了，提不起精神来。刘威风趣的给大家打气说："兄弟们，咱干的活好啊，一边干活，一边洗桑拿，办公室里的什么级别的领导也没这待遇啊！"同事们都被逗乐了，气氛轻松了很多。

一晃8个月过去了，检查组在18家企业的账目上查出偷漏税款共3 500万元。8个月辛苦没有白费，看着缴入国库的一笔笔税款，刘威长出了一口气，感到无比轻松，无比欣慰。

四

刘威平时话虽然不多，但是心却很细，谁工作上遇到挫折，生活上有什么难处，他都会尽力去帮忙。稽查局的郭青同志，家庭条件十分困难。妻子下岗待业，儿子又患有先天性心脏病。2006年夏天，孩子考上了大学，单单是学费一年就要13 000多元，家里哪还拿得出那么多钱啊！懂事的儿子知道家里的经济条件，说要放弃学业，外出打工，郭青说什么也不同意，可又没有办法。正在这进退两难的时候，刘威和稽查局的另一位副局长同志知道了这件事，主动找到郭青，每人借给他5 000元钱，并且发动局里其他的同志对郭青进行帮助，让孩子顺利地迈进了大学校园。直到现在，一提起这件事，郭青还是会热泪盈眶，感动万分。

生活中的刘威是一个多才多艺的人。他喜欢文学，家里的书摆了满满一柜；喜欢运动，乒乓球和篮球打得都很棒。图书馆里、运动场上，总能看到他亲切的笑容。

正如刘威自己说的那样，他只是一颗根扎大地的小草，阳光下展示点点新绿，可正因为有这样一棵棵小草的衬托，祖国的大花园才会百花争艳，万紫千红。

奉献者的风范

如果说军人的风范，体现在枪林弹雨中纵横驰骋，保卫祖国的和平；警官的风范，体现在与犯罪分子斗智斗勇，守护人民的安定；教师的风范，体现在三尺讲坛上呕心沥血，呵护孩子们的成长；那么地税人的风范，则体现在平凡的岗位上，勤勤勤恳恳、默默奉献，用心血与汗水书写着一首又一首"为国聚财，为民造福"的壮丽诗篇。

辽源市地税局的王瑞光是一位普普通通的地税工作者，他没有轰轰烈烈的业绩，也没有催人泪下的故事，但却在平凡的岁月里精彩地诠释了奉献者的风范。

王瑞光今年54岁，在税务部门工作已有33个年头。最初与"税"结缘是在1976年，"文化大革命"结束后，在乡下接受了两年"贫下中农再教育"的王瑞光终于能回城了。正在思量着干什么工作时，听说热闹财税所人手不够，要招几个临时工，他赶过去应聘，经过一番筛选后，被录用为助征员。

虽然只是一名临时工，一个月的工资也只有37块钱，可瑞光还是干得很起劲。从家到单位有20多里路，骑自行车也要一个多小时，但他每天都到得很早，打扫卫生、端茶倒水，什么活都抢着干。当时办公条件差，9个人挤在一间办公室里工作，屋子里堆积着各种文件资料，显得凌乱不堪。瑞光找来几个大箱子，细心地对文件进行分类整理，需要文件时，找起来非常方便。瑞光没学过税法和财会知识，心里总是忐忑不安，怕自己无法胜任，便一面虚心地向周围的老同志请教，一面看书自学税法知识。

单位给瑞光分配的任务是征收屠宰税，让经验丰富的老同志牟清河带他熟悉业务。屠宰税的纳税人大多是农民，所以两个人天天都得骑着自行车往乡下跑。他负责的面积有两百多平方公里，十几个村子，一天的时间根本走不完，只能交纳一定的伙食费，吃住在农民家。国家规定一头猪的屠宰税为2元，一只羊为0.5元，税虽然不多，可是征收起来却是困难重重。当时，5角钱相当于农民一两天的收入，谁都不愿意交这个钱，就算杀了牲口也都藏起来，不让税务部门知道。瑞光只好耐心地做农民的思想工作，向他们宣传税法知识，同时动员村干部配合自己征税，确保税收工作顺利进行。

瑞光最忙的时候是过年前后，按照习俗杀猪宰羊的都集中在腊月，特别是腊月二十之后，这是屠宰税征收的高峰期。有一年的腊月二十六，他到乡下去收税，忙活了一整天，收了100多元的税款。看看表已是下午4点多钟了，他把收上来的税款和完税证往包里一塞，骑上自行车就往回赶。东北的腊月，寒风凛冽，滴水成冰，北风吹到脸上就像刀刮一样疼，瑞光虽然年轻，却也扛不住这样酷寒的天气，伸手到包里去拿围脖。谁知他这一拿，围脖把包里的100多块钱和几十份完税证都带了出来，"呼"地一下子，被风都刮跑了。瑞光的脑子"嗡"地一声炸了，100多元钱对于他来说已经不是一个小数目了，那些完税证更加重要。他记得带他的牟清河说过，完税证比钱重要得多，一定要像保护自己的眼睛一样保护它。完税证事先盖好了章，填多少都生效，丢了它，你就无法说清丢的是多少钱，不找回来，就是跳进黄河也洗不清了！想要去找，可是票据已经被风吹得不见踪影了，到哪里去找啊？瑞光的心都凉了，欲哭无泪，心想，这辈子算是完了。突然，他急中生智，想起包里还有一张平时用来垫座位的报纸，他迅速地把报纸撕成碎片，用力扬到天上，让风把报纸的碎片刮走，然后自己跟着碎片跑，沿途寻找丢失的完税证。天马上就要黑了，可是找到的完税证却只有不多的几份，瑞光心急如焚，一不留神掉到了一个大雪坑里，摔得浑身生疼。瑞光爬起来拍拍身上的雪，看了看四周，兴奋地跳了起来，原来他发现大部分的钱和完税证都被吹到了这个雪坑里，他迅速收拾好散落坑底的钱和票据，清点了一下数目，发现只剩几份完税证没有找到了。他从坑里爬上来，打开随身携带的手电，继续寻找。终于，在晚上7点多钟时，瑞光找回了所有的票据和大部分的税款，带着满身的伤痛回到了单位。吃一堑，长一智，在经历了这次教训之后，他对待工作的态度更加谨慎了，税款和票据都小心地用夹子夹好，绝不和其他物品放在同一个包里，每次收税回来都认真地核对数目，确保万无一失。

凭借着对工作热情而又谨慎的态度，瑞光迅速地成长了起来。同事们都很喜欢这个勤快爽直的小伙子，争着给他介绍对象。领导也赞赏地说："小王不错啊，好好干，将来一定有发展！"就在工作干得有声有色的时候，他突然提出要辞职，这让同事们都大吃了一惊。原来瑞光的一个朋友在东辽县水暖器材厂当车间主任，见瑞光每天上下班跑得很辛苦，工资待遇也不高，就在自己的车间给他安排了一个技术工人的职位，工资比他做助征员多一倍。瑞光舍不得自己的工作，可是面对着这样优厚的待遇，犹豫再三还是向领导提出了辞职的请求。领导不想让他走，语重心长的对他说："瑞光啊，咱们工资虽然不多，可咱们是在为国家服务，将来国家的经济发展了，一定还需要像你这样踏实肯干的人，你留在单位发展的空间会更大，一定要好好考虑考虑再做决定。"瑞光认真思考了领导的话，婉拒了朋友的好意，继续留在所里。

20世纪80年代初期，随着改革开放步伐的加快，头脑灵活的人都想做点买卖，为了加强对这些个体户的管理，市税务局决定成立城区分局，有一定工作经验的瑞光被调到城区分局，负责西宁市场的税款征收工作。

局里给专管员定的任务是每个月600元税款，想要完成难度很大。那些个体摊位都不愿意交税，东躲西藏，收起税来十分吃力。瑞光和同事们把10块钱以上的税款叫做

"大份"，同事们见面打招呼时，第一句话都是："今天收到几个大份了？"当时跨地域的贸易活动还很少，局里没把这项工作纳入日程，可是瑞光注意到了。他发现有一些从外地过来贩卖水果、黄烟等物品的个体户因为价格比本地便宜很多，所以销路特别好，营业额要远远高出本地同类个体户。于是，瑞光就对这些外地个体户进行蹲点调查，重新核定税款，对少缴部分进行补缴，有时候一次就能补缴几百甚至上千元。

当时纳税人法制意识薄弱，暴力抗法时有发生。一次，瑞光和几个同事到一家五金综合商店去催缴税款。他向店主宣传税收政策，让店主交税，店主就像没听见一样，把《催缴通知单》拿给他签字，店主随手扔在了桌上，看也不看。没有别的办法，只能采取强制措施。就在同志们开始动手搬东西时，店主跳了起来，抓起放在柜台上的锉刀乱挥乱舞，他一把推倒了走在最前面的越鸿霞，对瑞光他们说："今天你们谁敢搬我的东西，我就跟他拼命，不信就过来试试！"为了维护法律的尊严，为了保护同事，瑞光不能后退，只能上。他绕到背后，一把抱住了店主，店主回过手来照着瑞光的手腕狠狠地割了一刀，顿时鲜血直流，同事们冲上来制服了这个狂暴的店主，交司法部门处理，又赶紧把瑞光送到医院处理伤口。医生不知内情，还批评瑞光说："这么大个人了，怎么还打架啊，你看这伤口，肉都翻了出来。"到现在，瑞光手腕上的伤痕仍然清晰可见。

还有一次，一家饭店欠税已经几个月了，数次下达

《催缴通知书》，都没收到任何效果，王瑞光会同几个同事过去催缴税款。一进店门，老板娘看到瑞光他们身上的制服，堆满笑容的脸就立马由晴转阴，冷冷地问："你们是来干啥的？我丈夫不在家，要收税你们等他回来再说吧。"瑞光说："你们家已经半年没交税了，下了几次催缴文书你们也不当回事，今天要是还不交，我们就要强制执行了。"这时，老板一身酒气的从外面回来了，听说瑞光他们是来收税，对他们说："你们等着啊，我过去给你们取去！"转身进了后厨，取出一把明晃晃的剔骨尖刀来。他拿着尖刀指着瑞光他们说："你们这帮收税的，没他妈一个好玩意！我都要吃不上溜了，交他妈什么税？都给我滚！"说着，拿刀就要冲过来。为了避免不必要的流血冲突，瑞光对同事们说："你们先退到外面去，赶快报案，我来跟他说！"瑞光站在醉醺醺的老板面前，义正词严地说："你想干什么？你现在不过是欠了几个月的税款，补交上就没事了。要是你伤到我们任何一个人，那就是暴力抗税和故意伤害罪，最起码要判你三年五年，你自己想好！"老板被瑞光的话震住了，没敢再往前冲。瑞光又说："如果你真有困难，我们经过调查情况属实的话，可以给你一定的减免，但如果你是这个态度，那我们没有任何办法，只能把你送到公安局去。"老板愣了半天没说出话来，但手里还是拿着刀不放。这时公安人员赶到了，带走了那位酒气熏天的店老板，强制执行才得以完成。事后有人问瑞光，那人喝了那么多酒，手里还拿着一把刀，捅到身上就是重伤，难道你就不怕吗？瑞光说，我当然也怕，但我不能退，周围的那么多群众看着，我不能给地税局丢脸。要是这样就被他吓住了，以后这片的税就没法收了。

瑞光是个热心人，纳税人有了什么困难，他都尽力帮忙。一次，瑞光到市场去收税，看见一个十七八岁的小伙子正蹲在地上哭，地上还有很多眼镜碎片。瑞光过去询问原因，小伙子说，自己是浙江温州人，年少气盛想到处闯闯，就从老家带了一批太阳镜千里迢迢地到辽源来卖。因为自己是外地人，市场上的人总找茬欺负他，刚才有几个摊主说他卖的是假冒伪劣产品，掀了他的摊子，踩碎了不少眼镜，还抢走了好几副。心里委屈，就忍不住哭了出来。瑞光说："小伙子，男儿有泪不轻弹，哭有什么用，告诉我谁抢了你的眼镜，我去帮你要回来。"小伙子一一给瑞光指了出来，瑞光把抢眼镜的人叫到一起说："你们几个行啊，欺负人家外地来的小孩，真给咱们辽源人争气啊。"那几个摊主也都挺不好意思的，对瑞光说："王哥，那小子卖的眼镜是假的，哥几个气不过，就教训了他一下。"瑞光说："刚才那眼镜我看了，结实得很，根本就不是什么假冒伪劣产品，就算是，也用不着你们来管。你们几个别扯淡，赶紧把眼镜还人家。"几个摊主没办法，乖乖地把抢走的眼镜还了回去。小伙子感激万分，说以后一定要报答他。瑞光笑着说："出门在外不容易，我用不着你报答，你把税按时交了就行。"小伙子连连点头，此后没有欠过一次税，眼镜卖完后，就回南方了。10年后，单位组织干部到扬州学习，瑞光在扬州的大街上又一次碰到了这位小伙子，这时他已经在家乡开了一家眼镜店了，这次是来扬州旅游的。小伙子说什么也要请瑞光吃饭，瑞光拗不过只好答应了，临走时还和小伙子合了张影，纪念这份友情。

瑞光的热心，为他赢来了纳税人的尊敬，人们有事愿意找他。一次，纳税申报截止日期就要到了，他发现有一户纳税人没有申报，就主动打电话过去询问。纳税人告诉他，自己正在外地，家里只有老父亲在，老人岁数大了，不懂得怎么申报。瑞光到纳税人的家里取了相关材料后，到大厅帮纳税人进行申报。后来，瑞光知道这位纳税人长期在外地工作，家里申报确实有困难，就主动提出帮他申报，直到调离。

瑞光虽然性格随和，但涉及到原则性问题时，绝不会有半点含糊，这一点他的朋友们深有感触。那年，有个朋友开服装店，给他送去了一套3 000多块钱西服。瑞光耐心的说："你刚开业，用钱的地方多，还是自己留着卖吧。做我们这行是有纪律的，你要拿我当朋友，就应该支持我的工作，别让我犯错误。"朋友看他说得这么诚恳，乐呵呵地拿起衣服走了。

还有一次，瑞光的高中同学找他，说自己最近承包了一项几百万的工程，听说需要交税20多万，太多了，能不能想想法少交点，省下的钱咱俩一人一半。瑞光冷冷的说，一半也够判10年，亏你想得出这个办法！咱还是同学呢，你这不是往死里坑我吗？同学尴尬地说，这不是商量嘛。瑞光说，有的事能商量，有的事没得商量，法律是不讲人情的！同学没有办法，扫兴地走了。

一晃30多年过去了，辽源经济发展了，地税事业壮大了，百姓生活富足了，瑞光也由"小王"变成"老王"了，但他知道自己的人生没有虚度，他为国家的发展奉献了一份力量。

泰山压顶不弯腰

懦夫把困难当成沉重的包袱，勇士把困难当做前进的阶梯。

——卢梭

正如一首歌中唱的那样："不经历风雨，怎能见彩虹"，困难是每个人生命中的必修课，只有直面困难，不畏艰险，勇往直前的人，才能让自己的人生闪烁出灿烂的光芒。辽源市地税稽查局的郭青就是这样的一个压不垮、推不倒，泰山压顶不弯腰子。

一、家贫志远

郭青出生在西安区仙城街的一个工人家庭，父亲是矿务局木材加工厂的工人，母亲没有工作，他是长子，下面还有两个妹妹。由于只有父亲一个人挣钱，收入少，人口多，日子过得紧紧巴巴。一年到头，饭桌上总是饼子咸菜，连块豆腐都很少见。再怎么精打细算，到了月底那几天，还是免不了要挨饿。家里5口人，挤在一个只有17平方米的老屋里，一住就是20多年。房子盖的年头多了，又破又旧，既不遮风，也不挡雨，冬天又阴又冷，夏天又闷又热。兄妹几个穿的衣服都是母亲自己做的，每件都要穿很久，总是缝了又缝，补了又补，还舍不得扔掉。

父亲没上过学，斗大的字识不了一石，吃了一辈子没文化的亏，心里认准了"念书才能出息"这条理，不管家里怎么困难，也要供他们兄妹三人上学。郭青很懂事，知道自己上学的机会来之不易，学习非常刻苦，小学和初中成绩一直不错。升上高中后，学校里开了英语课，毫无基础的他完全摸不到头脑。而且全家都住在一间屋子里，晚上想要开灯学习就会影响到父亲母亲的休息，只有点着蜡烛看书。长时间在微弱的烛光下学习，让他的眼睛患上了高度近视，又没钱配眼镜，渐渐的连教室里的黑板都看不清了，成绩也逐渐下滑。在后来的高考中，他没能考上梦想中的大学。落榜的郭青默默地告诫自己，要担起长子长兄的责任，找到生活的出路，努力摆脱困境。

郭青知道家里的条件供不起他复读再考，没有一句怨言，默默地走进了校办工厂，开始挣钱养家。他的工作是加工玩具不倒翁的底座，先把铁砂放在炉火里面烧，烧红之后迅速用铲子倒入模具中塑形，冷却后再安装到底座里。同样的工作流程，一天要重复几十次，艰辛而又乏味，而且一不小心，就会被铁砂烫伤，留下永久的伤疤。

郭青认真学习，刻苦钻研，逐渐成了一名技术娴熟的工人。工作虽然很劳累，但他利用一切业余时间努力学习文化知识，把仅有的一点零花钱全部用在了买书上。

1984年12月的一天，郭青像往常一样在车间里翻弄着火红的铁砂，忽然同学小李拿着一份报纸，兴冲冲地跑来对他说："郭青，快看看报纸，税务局要面向社会招干，你赶紧报考一下试试吧！"接过同学手中的报纸，郭青意识到自己苦等多时的机会终于到来了。他立刻到招考办公室报了名，开始复习文化知识。"是金子总会发光"，在随后的考试里，郭青顺利考入税务局，成为了一名税务干部。

二、历经坎坷

1985年4月，郭青正式上岗，被分配到辽源市税务局城郊分局稽查科工作。从普通工人到国家干部，角色发生了转变，他没有满足现状，依然积极上进，把全部的精力都放在了学习和工作上。税务局的工作让他这只飞鸟，终于找到了自由翱翔的蓝天。

在税务局工作的第二年，郭青与无线电一厂的工人孟庆君喜结连理，两人在父母的老屋旁边接了一个"偏厦子"，开始了自己的婚姻生活。小两口的日子过得虽说不算富裕，但却充满了温馨与平静，其乐融融。不久后，妻子给他生了个胖小子，乐得两位老人嘴都合不上。那时的郭青脸上总是带着灿烂的笑容，可他没想到的是，不幸竟然接踵而至。

儿子3个月大的时候，细心的妻子发现孩子总是嘴唇发青，还时常咳嗽、喘粗气，本来以为只是轻微的感冒，可上医院检查后发现竟然是先天性心脏病——动脉导管未闭合。医生安慰他们说，现在孩子才3个月，还有自行愈合的可能，先用药物控制，观察一段时间再说；如果一年之内不能愈合，就必须要等孩子大一点的时候手术解决。另外这个病会造成孩子的免疫力下降，患感冒、肺炎等病的概率会很高，一定要细心照顾才行。孩子的病对于小两口来说，无疑是个沉重的打击，给这个原本幸福美满的家庭笼罩上了一层阴影。

1991年的一天，郭青下班回家，还没进屋，就听见了妻子的抽泣声。他赶紧进屋问妻子出了什么事，妻子哽咽的告诉他说，无线电厂裁员，她下岗了，以后每个月只有100元的最低生活费。家里本来就不宽裕，孩子还要治病，以后的日子可怎么过啊！郭青知道妻子的工厂效益不好，也一直计划要裁员，可没想到勤勤恳恳工作的妻子竟然第一批下岗了。尽管心中一样难过，可郭青还是安慰妻子说，厂子总是亏损，下岗就下岗吧，咱们可以自己干点啥，而且咱儿子身体一直不好，你现在有时间了，可以好好地照顾他。虽然嘴上这么说，但郭青心里明白，妻子没了收入，自己肩上的担子更重了。

1994年国地税分设时，郭青被分配到地税龙山分局计会科工作。也是这一年，他发现母亲变得越来越瘦，经常头晕，还口渴得要命，一会不喝水就受不了。他赶紧带着老人去医院检查，结果发现母亲得了糖尿病，还并发有冠心病，必须打胰岛素维持血糖稳定，服用药物对冠心病进行治疗，这又是一笔不小的开支。母亲知道家里的条件，说什么也不肯治疗，要把钱省下来给孙子做手术。郭青眼含着热泪对母亲说："妈，你放心吧，我有钱给孩子治病。"

孩子要做手术，妻子又下了岗，母亲还得了糖尿病，家庭的重担死死的压在了郭青肩上。他省吃俭用，从来舍不得买衣服，冬天夏天就是那身税服；家住得远，可他连公交车都舍不得坐，天天骑着个除了车铃不响哪都响的破自行车上班；家里偶尔做点好菜，夫妻俩总是一口不动，给老人和孩子吃。有些人看他困难成这样，鄙夷地对他说："亏你还是个税务干部呢，下边还管着那么多户，你就不能给自己想想办法？"有些人根本不相信他困难，怀疑地说："包子有肉不在褶上，在税务局干了这么多年能没钱？也就是做出个样子给别人看看罢了。"别人的鄙夷也好，怀疑也好，郭青只是微微一笑，他知道自己该做什么不该做什么，不管在什么时候都坚持着自己的原则。

2001年5月，孩子的病情再度恶化，医生检查后告诉郭青夫妇说，必须马上手术，否则有生命危险。手术的费用需要3万元左右，让他们准备好。回到家里，郭青一句话没说，只是坐在椅子上一根接一根的吸烟，紧锁着眉头。妻子知道丈夫的心思，3万块钱对这个家真是一个天文数字，家里这些年共攒了不到1万块钱，缺口怎么办？想来想去，只有向亲戚们借，可是亲戚们大都在农村，没有一个富裕的，拿得出这么多钱来吗？郭青越想越觉得希望渺茫。接下来的几天，他跑遍了所有的亲戚家借钱，可是手术费还是不够。天无绝人之路，正在他着急上火的时候，单位领导王国富听说了这件事，买了水果、营养品过来看望孩子。在询问过病情之后，王国富拿出一个信封对郭青说："拿着，这里面是1万块钱，其中5 000是局里借给你的，另外5 000是我个人的，你先拿着给孩子看病，要是不够一定再跟我说，局里想办法给你解决。"双手捧着沉甸甸的信封，郭青强忍着没让泪水掉出来，面对着局里的帮助，他感到一股暖流涌遍全身，激动地握住王国富的手，一次又一次地说着谢谢。在地税局这个大家庭的关心和帮助下，孩子的手术成功了，看着儿子一天天的恢复健康，压在郭青心头16年的石头终于卸了下来。他把照顾儿子康复的任务交给了妻子，自己则迅速地投入到了工作中，因为他知道这是对单位最好的回报方式。

2003年7月，刚上高一的儿子为了减轻家里的负担，提前两年参加了高考，被云南师范大学广告系录取。看着儿子平时的勤奋学习终于有了结果，郭青心里是又喜又忧，喜的是儿子提前两年就能走进大学，未来的发展空间一定很广阔；忧的是此时刚刚把儿子做手术时欠下的债务还完，面对着大学一年高达13 000元的学费，他又是一筹莫展，只能坐在沙发上边吸烟边想办法。烟灰缸里的烟头很快就要堆满了，忽然他按灭手中的香烟，坚定的对妻子和儿子说："咱们卖房吧，这个房子还能值几万块钱，四年的学费应该够用了。局里的领导和同事帮了咱们这么多忙，这次不能再去麻烦他们了。""卖了房咱们住哪啊？"妻子擦着眼泪问他。"孩子不在身边，咱俩租个一间的小平房住，一年也就是2 000多块钱，我看挺合适的。"妻子哽咽着说："没有别的法了，就这么办吧。"这栋房是1998年单位集资盖的，郭青一家才住了不到5年。他还记得刚搬进来时全家人是多么高兴，儿子兴奋地在房里跑来跑去；妻子一遍遍地拖地板、擦玻璃，把家里收拾的窗明几净，一尘不染。想到就要离开，家人不免都有些伤感，郭青安慰妻子说，放心吧，困难是暂时的，将来我们一定会生活得更加美好。

三、恪尽职守

在税务部门工作了20多年，郭青大部分时间都呆在后勤。别人都说后勤工作枯燥乏味，一点意思都没有，可他总是乐在其中。他常说，后勤虽然没有前勤执法部门那样轰轰烈烈，但每当自己顺利地制出一份表格，统计出一组数据，写完一篇论文时，心里那种成功的喜悦也是无法比拟的。这么多年来，郭青没有丢失过一份票据，没有算错一笔账。人事调整时，领导几次想把他调到前勤，但发现郭青踏实的性格在后勤更适合，就没有进行调整。

郭青在后勤工作时兢兢业业，在前期也是一样，而且对自己的要求更加严格了。1999年，郭青久病的母亲去世了，悲痛之余，他简单的为母亲操办了葬礼。几位纳税人闻讯赶来，拿出厚厚的一沓钱塞给他说："郭哥，老人家走了，这是我们几个的一点心意。你现在正需要钱，就收下吧。"郭青按住了他们掏钱的手说:"谢谢你们能大老远的过来,这份情义我心领了,但钱我肯定不能收,我参加工作这么多年,从没拿过纳税人一分钱。"几人见他执意不收,只好郁闷地拿着钱走了。

四、苦尽甘来

2007年,孩子大学毕业后,在吉林出版集团北京分公司担任美术编辑,有了一份稳定的收入,并打算在北京定居。看着儿子终于找到了自己的归宿,郭青十分欣慰。

地税局在吉盛花园集资盖楼,郭青通过分期付款购买了一处113平方米的大房子,告别了租房住的岁月,再一次住进了宽敞明亮的楼房。郭青个人也因为一直以来兢兢业业的工作,多次被评为先进个人。

历经坎坷之后,郭青一家终于闯过了道道难关,克服了重重困难,走出了困境。同事们和郭青开玩笑说:"老郭,你真是泰山压顶不弯腰啊。要我啊,早就压趴下了。"郭青笑着点点头说:"是啊,人哪,没有克服不了的困难,事在人为,人在努力啊!"

铁面无私控税源

提起发票管理所的韩玉明，有的人说他挺厚道，挺实在；有的人说他死心眼，不开面；有的人说他撞了南墙也不回头，是个一条道跑到黑的人。带着疑问，带着好奇，我们走进了发票所，走近了这个在众人口中褒贬不一的地税工作者。

韩玉明今年40岁，现任发票所检查科的科长。他1969年出生在龙山区山湾乡的忠诚村，祖祖辈辈都是面朝黄土背朝天的农民，一代又一代重复着靠天吃饭，土里刨食的生活，日子过得艰辛而又平静。俗话说：穷人的孩子早当家，韩玉明从小就帮着家里下地干活的。他很勤快，脑子又灵活，播种、施肥、除草、收割，啥活都会干，小小年纪已经是庄稼地里的把式了。他知道，如果在农村呆一辈子，出再多力也改变不了贫穷拮据的生活，想要改变自己的命运，只有读书这条路。

从小学到高中，玉明一直是班里学习最用功的，别的孩子在外面又疯又闹的时候，他总是坐在教室里安安静静的看书。1988年，韩玉明高中毕业，他知道家里没有条件供自己读大学，选择了参加工作。幸运的是正当他对未来一片茫然时，传来了税务局面向社会招干的消息，他立刻过去报了名。从报名到考试只有短短的一个月，他没有浪费一天，全力准备。功夫不负有心人，发榜那天，看见大红纸上写着自己的名字，玉明欣慰地笑了。

消息传到玉明的家里，全家人都乐坏了。父亲乐得合不拢嘴，一个劲地说，这是祖先保佑啊，咱家出了一个国家干部；母亲迫不及待地把这个好消息告诉了左邻右舍，言语中隐藏不住心里的喜悦与骄傲。玉明说，当时自己考进税务局的轰动效果，就像现在谁家的孩子考上了清华北大一样，自己一下子成了全村孩子们的榜样。临走那天，父亲对他说："玉明啊，你是农民家的孩子，到了啥时候也别忘本，犯法的饭不吃，犯法的事不做，就是不能给祖上增光，也别给祖上抹黑！"父亲的话，玉明牢牢地记在了心里。

1988年12月，带着全村人的期望，带着父母的嘱托，年仅19岁的韩玉明走进了税务局。他知道这份工作来之不易，一遍一遍地告诫自己，一定要努力工作，干出个样来。刚接触工作，玉明发现税务干部的工作并不像想象中的那么轻松，十几个税种的政策法规都要去掌握，税收的征收、管理、稽查知识都要去了解。税务干部也不像想象中那样威风，有些纳税法制意识淡薄，常常恶语伤人，出言不逊，甚至大打出手。身着制服的税官们，为了国家的利益，为了政府的形象，只能默默地忍受。

一次，玉明跟师傅到市场去收税，来到一个猪肉摊，摊主是个30多岁的男人，一脸连毛胡子，眼珠子瞪得跟牛似的，光着膀子，露出黑乎乎的胸毛，一看就不是什么善茬。让他交税，根本就不搭理你，只顾拿着砍刀剁肉馅，嘴里还不干不净地不知在说些什么。连催了他几次，他把砍刀往案板上一剁，指着玉明的鼻子大骂："老子今天还没开张，交他妈什么税，我告诉你今天在我这一分钱你也别想收走！"玉明是个血气方刚的年轻人，哪咽得下这口气，就要冲上前跟他理论，师傅一把拽住了他，转过头对那个摊主说："你今天开没开张，我不知道，但是税是国家规定的，一分都不能少，你要是拒不缴纳，那就是抗税，拘留15天。要么你痛痛快快把税交了，要么就等着公安局的人过来把你抓走，你自己看着办吧。"摊主想了半天，骂骂咧咧地把税交了。事后，师傅对玉明说："小韩啊，想干好税收工作，先得学会忍，咱们是税务干部，是来收税的，不是来打架的，和这些业主发生冲突的话，损害税务人员的形象，损害政府的威信。做事情一定要讲方法，不能蛮干啊。"玉明听了十分羞愧，他只顾着自己的感受，却没认识到从穿上税服的那一刻起，自己代表的就是国家的尊严，他虚心接受了师傅的批评。

通过不懈的努力，玉明很快成长为一名合格的税务工作者，先后在税务干校办公室，城区分局，龙山分局等多个单位工作过，领导和同事对他都很认可。2003年5月，韩玉明被提职到发票管理所任检查科的科长。发票管理所是主管发票的职能部门，负责发票的日常管理、检查指导等工作，是整个地税系统不可或缺的一环。韩玉明所在的检查科主要负责对发票日常使用情况进行检查，并对发票违法、违章案件进行查处。在很多人看来，这不是一个好差事，查处违法、违章案件，常常会得罪很多人，吃力不讨好。玉明不理会别人怎么想，他始终认为只要自己问心无愧，守住道德的底线，坚持依法办案的原则，就没有完不成的任务。

2005年5月的一天傍晚，玉明刚从外面查案回来，正填写着《处罚通知书》，准备明天递交给纳税人。"吱嘎"一声，办公室的门被推开了，他抬起头，是系统内部的一位同事。玉明知道他是来干什么的，那位同事的亲属开了一家饭店，今天下午被人举报长期不给消费者开发票。玉明调查后，发现情况属实，手里的《处罚通知书》就是写给那家饭店的。调查的过程中，那位同事曾几次给玉明打来了电话，他都没有接，这次是找上门来了。

那位同事一进门就不咸不淡的说："玉明，你架子不小啊！给你打了那么多电话都没接。"

玉明笑嘻嘻地说："我哪知道是你打的电话，要知道是你，借我个胆我也不敢不接啊。那阵我正在一个饭店查案呢，刚回来。"

"对，我就是为这事来的。那家饭店是我一个亲戚开的，他不是没有发票，也不是不给人家开，正好今天他发票用没了，正准备过来买，就被人举报了。"

"刚才我调查了，这家饭店不给消费者开发票可不是一天两天的事了，一天用完了情有可原，可总不能天天都用完了吧，像这种情况肯定得处罚。"

"是，他做的确实也有不对的地方。玉明，咱们都是一个系统的，得互相关照着点，你看这回能不能给我个面子，回去我跟他好好说说，以后肯定不能这么干了。"

"改是肯定要改的，罚也不能不罚啊，我不是不给你面子，但是规定就是规定，我自己也说的不算啊。"

"什么叫你说的不算，就是你负责的事你怎么说的不算？怎么别人在这的时候都没啥事，你一来了就又查又罚的？"

"我这个人死心眼，别人怎么做的我不管，但是在我这，就是要按着规章制度办，谁说啥都不好使！"

"行，算你牛，韩玉明，我就不信你没有用到我的时候！"

说完，那位同事踹倒了门旁的脸盆架，怒气冲冲地走了。玉明没有生气，也没追出去和他理论，只是抬头看看淌了满地的水，继续填写着手里的那份《处罚通知书》。

2006年4月，韩玉明接到一个女子的举报电话，自称是省电视台的一个记者，在辽源采访过程中，听说火车站附近有家旅店私自贩卖发票，就过去调查。她找到这家旅店，花48元买了240元的发票，随后拨打了举报电话。玉明嘱咐举报人先别离开，自己和几个同事立马赶到旅店进行调查。旅店老板承认了自己卖发票的行为，还满不在乎地说："发票是我自己的，为啥不能卖？我想卖给谁就卖给谁，你们管不着！"玉明向他解释说："发票是不允许私自倒卖的，你这种行为是违法的，必须进行处罚。"老板一听还要处罚，急眼了，叫来了几个彪形大汉把他们堵在了屋里，把笔录抢过去撕了，还指着举报人说："你等着！今天我打定你了！"说着就要冲过去，玉明和几个同事把举报人围在了中间，他嘱咐同事联系经侦大队，自己站出来对老板说："你想清楚了，倒卖发票也就是罚款而已，你要是打了她，就没那么简单了，至少也得在里面蹲上个把月，再说，一帮大老爷们打一个女人，你们也好意思动手？"那位老板哪里听得进去，说什么也要打那个女记者出气，正混乱的时候，经侦大队的人赶来了，场面逐渐稳定了下来，玉明他们得以重新调查案情。之后的几天里，给那家旅店说情的人就没断过，所里人统一了意见，不管谁说情，都一定要按规定处罚。经过讨论，所里决定对该旅店罚款 2 000 元，并按规定拿出罚款的 10%——200 元，对那位勇于举报违法行为的女记者进行奖励。

2009 年 4 月，辽源市市面上出现了一批来历不明的假发票，这批假发票的仿真程度非常高，上面连税务局的公章都丝毫不差，流入市场后，对经济秩序造成了很坏的影响。发票所经研究决定跟公安机关联手捣毁这个贩卖假发票的窝点。韩玉明和另外两个同志被派去公安局，配合公安人员全力侦破此案。不法分子散发的传单上，印着购买假发票的联系电话，打过去后，一个中年男子接了电话。公安机关安排的买方与他谈妥了交易的金额、地点和时间，玉明和几个公安人员提前布控在交易地点的两侧，通过摄像机和窃听器记录整个交易过程。本可以将犯罪嫌疑人抓获，但为摸清假发票的来源，所里决定放长线钓大鱼，暂时不打草惊蛇，对其进行密切的跟踪调查，寻找制假贩假的窝点。随后半个多月里，犯罪嫌疑人走到哪里，玉明就要跟到哪里，记录下他去过的地方，接触过的人。经过一段时间的跟踪后，玉明他们发现每过几天犯罪嫌疑人就要到长春发往辽源的大客上领取一个包裹，包裹里很有可能就是假发票。时机成熟了，4月18日，公安机关将犯罪嫌疑人和他的3个同伙抓获，在其家中还发现了6万多张宣传卡片以及面值数千元的假发票，等待他们的，将是法律的制裁。

玉明说，其实很多发票违法、违规行为都是由于纳税人法律意识淡薄造成的，只要政策法规宣传到位，是完全可以避免的。比如说，有个小伙子在一家饭店吃了4块8毛钱的早餐，向店主索要发票，店主笑话他说："一共就吃了4块多钱，你也好意思要发票？"小伙子气不过，就拨打了举报电话。玉明调查后，发现情况属实，就依法对这家饭店处以500元的罚款。店主当时就激了，对玉明说："你啥意思啊，故意找茬啊？我不就是没给他5块钱的发票吗，一下子罚了我500块钱，有你这么办事的吗？"玉明向他解释说："不管他消费5块钱也好，5 000块钱也好，索要发票是消费者的权利，作为纳税人你是不能拒绝的。你不给他开发票，就是违法行为，必须加以处罚。罚款不是目的，目的是让你能吸取教训，别再犯类似的错误。"

在发票管理所工作的几年里，韩玉明很开心，也很幸福，他努力堵塞漏洞，解决发票管理中存在的问题，有效地控制了税源的流失，促进了税收收入的增加，他的努力有了回报，有了收获。但他也有苦闷的时候，由于拒绝了很多亲戚朋友和同事的请托，他落下了"忘恩负义"、"不讲人味"的骂名，可他不在乎，依然忘我地工作着。他常说，咱干的就是这个活呀！既然在这个岗位上，那就要对得起国家的工资，对得起领导的信任，对得起头顶上的国徽，对得起肩上这份沉甸甸的责任。

后　记

　　经过近3个月紧锣密鼓的创作，凝聚着地税同仁激情、智慧、心血与汗水的《东辽河畔地税人》终于付梓了。我们谨以此书作为饱蘸桑梓清香的一束鲜花，献给地税15岁的生日；献给关心、爱护、支持地税工作的各界朋友和广大读者；献给为地税事业的发展作出贡献的全体同仁。

　　15年，是人生长河的一瞬间，对地税人来说，这15年，是多么的漫长、多么的艰辛，其中的苦辣酸甜，地税人体会得最深。

　　本书中《风雨砥砺　一路前行》，真实地记录了辽源地税从无到有、从小到大的历程。我们曾同辽源经济发展一同前行。

　　书中选取了一个集体，题为《为国聚财竞风流》。反映地税服务中心，他们内强素质、外树形象，服务质量和水平不断提高，出色完成工作任务，荣获"全国三八红旗集体"、"全国工人先锋号"、"全国五一劳动奖状"。她是辽源地税局23个科级单位的代表，展现的是辽源局的凝聚力和战斗力。

书中写了21位地税干部的工作和生活，真实地反映了他们栉风沐雨、顶烈日、冒严寒、走千家、访万户，在工厂商厦、店铺摊床、田间地头、林间水库，都留下了他们一串串闪光的足迹。让全社会都能了解地税人，理解地税人，支持地税工作。

为了完成这本书，局领导、县区和局属单位都给予了关心和支持，还得到了《辽源日报》新闻部的帮助，在此，我们一并表示衷心的感谢。

由于作者水平有限，一定存在不尽如人意的地方，敬请读者和同仁批评指正。

作者　2009年7月14日

我愿为你收税

1=F $\frac{2}{4}$ d=110   （齐唱）

李彦 词
刘利 曲

5 1̇ 7 | 5·6 5·3 | 43 3·2 | 1 —) | 5 5·6 | 53·1 |
　　　　　　　　　　　　　　　　　肩扛着人民的
　　　　　　　　　　　　　　　　　心装着无　私

6 6·5 | 5 — | 5 5·6 | 53·1 | 43 2 — | 3 2 | 1 1 |
重　　托　头顶着庄严的国徽　　走过春秋
无　　暇　心藏着国徽的神威　　哪怕万般

4 5 | 6 — | 5 1̇ 5 | 43 | 7 7·6 | 5 43 | 2 22 3 | 1—‖
冬　夏　走遍家乡付出　教我　山山水　水
苦　累　　　　　　　　　无怨无　悔

1̇ — | 3 4 | 5 — | 5 — | 6 | 1̇·7 | 6 | 7 | 5 — | 5 — |
啊　祖　国　　　　　伟大的祖　国

6·5 | 1̇ 7 7 | 5·6 | 5 4 | 3 — | 5 1̇ 7 | 5 3 | 4 3·2 |
你的富强是我的心　愿　我　愿为你收

结束句
1 — ‖ 5 1̇ 7 | 5 | 3 3 | 0 | 0 2 | 1 ‖
税　我愿为你　　收税

- 239 -